講談社文庫

白球アフロ

朝倉宏景

講談社

目次

1

高校野球でそれは反則だろ、という、相手ピッチャーの心の声が聞こえてきそうだった。

それもそのはずだ。バッターボックスに入った男は黒人だ。肩に担いだ金属バットがかなり小さく見える。

後ろに立った主審が思わず見上げるほどの身長だった。審判は相手チームの控え選手だったが、そこまで小さいわけでもない。それでも、バッター・クリスの肩ほどもなかった。

クリスはヘルメットを片手で直しながら、ピッチャーを鋭くにらみつけた。目深にかぶったヘルメットが影になり、白目だけが爛々と輝いているように見える。

　そこからの動作はいつも同じだ。

　バットを大きく、ゆっくりと数回体の前で回転させる。左足でバッターボックスの地面をならすと、土ぼこりが強い風に舞い上がってピッチャーのほうへと流れていく。

　分厚い唇がさかんに上下して、何かつぶやいているのも不気味だった。おそらくキャッチャーにも聞こえないほどの小さなつぶやきだろう。汚い英語で威嚇の言葉を吐いているようにしか見えない。

　その威圧的なオーラにあらがうためなのか、相手チームの内野陣が「来いやぁぁぁ！」と気合いの言葉をしぼりだす。クリスはそれさえもあざ笑うように、白い歯を大きく見せた。

　俺は一塁上、ランナーとしてリードをとりながら、クリスの一挙手一投足を見守っていた。複雑な気分だった。クリスを覆っているただ者ではないオーラ――そのメッキが初回からはがれなければいいけれど、と願っていた。

　初回のワンナウト・一塁。一番の渡田先輩がショートゴロでアウト、二番の俺がフォアボールで出塁したところだった。そして、バッターは三番のクリス。

監督からのサインは〈打っていけ〉。

クリスが構える。左足を外側に大きく踏み出して、スタンスを広くとる。バットを顔のすぐ横までもってきて、右手と左手のグリップを交互にしならせながら空中でぐるぐると回転させている。プロ野球の助っ人外国人か、メジャーリーグでしか見たことがない豪快な構えだった。どう考えても高校球児が実践すべきフォームではない。しかし、アメリカ人ならしかたがないと、ウチのチームの誰しもが——監督でさえそう思っている。

「おい、ピッチャービビってんぞぉ！」辻村先輩が小学生みたいな甲高い声で叫ぶと、味方ベンチから笑いが起こった。

相手の敬新学園は数年前にも東東京でベスト8になったことがある。ウチの都立等々力高校にとっては、はるかに格上だ。立ちはだかるピッチャーはおそらくエースではなく、二番手、三番手の控え投手だろう。それでも、俺たちの打線では、まったく歯が立たないレベルであることに変わりはない。

そのピッチャーが緊張で顔をこわばらせている。

キャッチャーのサインに一度首を振る。ふたたび振る。かなり投げにくそうにしているけれど、三度目でようやくうなずいてセットポジションに入った。

一球目。まずインコースはないだろうと、俺は一塁ランナーとして、リードをとりながら考えている。ここは、外で様子を見るのがセオリーのはずだ。

予想通り、百三十キロ台前半くらいの直球が右バッターのクリスのアウトコースに大きく外れていった。当然見送ると思いきや、クリスはこれでもかと強振した。俺の目からは、バットとボールが三十センチ以上離れているように見えた。

ヘルメットがクリスの頭からはずれて、地面に落下する。中途半端なアフロヘアーがあらわになった。

「クリス！　しっかり見極めてけ！」味方のベンチからため息がもれた。

一方、相手チームのピッチャーは少し冷静さを取り戻したのか、アンダーシャツで額の汗をぬぐいながら、唇の片方でかすかに笑った。外野のほうに振り返って笑ったので、一塁上にいる俺にはその笑顔がしっかり見えていた。

この一球ですべてが見破られたかどうかはわからない。ただ、あれだけこわばっていたピッチャーの表情には、ある程度の余裕が生まれていた。実のところ、こいつは見かけ倒しなんじゃないのか、黒人で、背が大きくて、フォームが豪快なだけで、的確なバッティングはできないんじゃないか——そんな疑いがピッチャーの頭の中をよぎっているに違いなかった。

俺は一塁ベースに戻ってベンチを見る。

監督が肘や手の甲、帽子に触ってサインを伝える。

初球のサイン無しから、二球目はバントに切り替えてきた。打ち気にはやった空振りで望みが薄いと判断したのだろう。初回ということもあり、次の四番・宮増先輩のワンチャンスで確実に一点をもぎとろうという監督の決断だった。

それに、相手チームでビビっていたのはピッチャーだけではないようだ。外野は定位置から三歩ほど後ろに下がっているし、サードもクリスの強打にそなえてかなり深めに守っている。あの豪快なヒッティングの構えから、バントに移行して、うまく三塁方向へ転がせばクリスもセーフになる可能性が高い。デカい図体のわりに、クリスは足が速いのだ。

俺はサインを確認してから、バッターボックスのクリスを見やった。クリスは監督からぷいと視線をはずし、うなずくことさえしなかった。

あ、あいつサイン無視するだろうな――俺の直感がそう告げていた。

一塁ランナーとしては、ピッチャーが投球を開始してからさらにリードを広げ、球が転がったところを見極めた時点で二塁へスタートすればいい。バントが小フライになったときだけ進退に気をつければいい。だけど、バッターがサインを無視して打ってくるとなると話はややこしくなってくる。

俺は一塁上で深呼吸をした。吐くほうが大きくて、ほとんどため息に近かった。曇天のせいなのか空気が冷たく感じられた。

ヘルメットの下のメガネを押し上げる。バックネットに張られている、「一球入魂！」という巨大な横断幕が目に飛びこんできた。白い布に、真っ赤な筆文字の書体で印刷されている。敬新学園のスローガンなのだろう。

横断幕から視線を下にずらすと、一気にやる気を失ったクリスが、だらけた姿勢でバットを構えなおしている。ピッチャーがセットポジションに入ったところで、俺はリードをとりはじめた。

「みんなボクにケンカ売ってるんだヨ」試合前、準備運動をしているとき、クリスがぼそっと俺にささやいてきたことを思い出した。敬新学園の連中が、自分のことをじろじろと見てくるというのだ。

そりゃ当たり前だよ、とは言えなかった。何の変哲もない都立の高校野球チームに、いきなりデカい黒人がまじっているところを発見したら、誰だって気になるだろう。準々決勝レベルの高校でも、動揺して色めき立ってしまうのは当然のことだと思う。ただ、それを正直に告げることだけは、なんとなく気が引けたのだった。

敬新学園のグラウンドに到着した早々からそうだった。ユニフォームに着替える前、一列に並んで「お願いします！」と一礼するのが高校球児の礼儀である。相手チームは、すでにグラウンドでアップを開始していた。

頭一つ分飛び出た黒人はいやでも目につく。帽子をとってこちらに挨拶し返しながらも、敬新学園の連中は口々にクリスのウワサを始めているようだった。

そのあとも、相手チームはクリスの行動をかなり気にしていた。キャッチボールでは肩の強さを観察し、シートノック（試合直前に行われる内・外野の形式的なノック）のときにはショートの守備位置についたクリスのグラブさばきに視線を集めていた。

四月に入り、クリスがアメリカから転校してきて、初めての練習試合だった。野球だけではなく、私生活においても、自分に注（そそ）がれる好奇の視線にいまだに慣れていなかったクリス。ガンをつけられていると勘違いしても、しかたがないといえばしかたがない。試合前からますます口数少なく、不機嫌になっていくクリスを俺たちはどうすることもできなかった。

バッテリーが二球目のサインを交換する。

味方チームはバントの指示が出ていることを知っているわけで、固唾（かたず）を飲んでクリスの動向を見守っている。

ピッチャーが肩越しにランナーの俺のほうを警戒してくる。身を低くして、牽制球(けんせいきゅう)にそなえる。

二球目。

今度は外角低めに落ちて、逃げていくスライダーだった。

クリスのヒッティングの構えは変わらない。バックスイングを大きくとり、そのまま左足を前方に踏みこんでいく。

ある程度予想していたとはいえ、心のどこかではまさかサイン無視なんかしないだろうと高をくくっていた。こいつ、マジで打ちにいきやがった、とあきれていたら足が固まった。

クリスのバットが大きく空(くう)を切ると、捕球したキャッチャーはすぐさま一塁に牽制球を投げてきた。俺はバントにそなえて、投球後のリードを多少大きめにとっていた。ヤバい——そう思った瞬間には、帰るべき一塁とは反対の方向へ体重が完全にかかっていた。

必死で頭から一塁へ戻る。

土煙(つちけむり)が上がる。

俺はうつぶせの姿勢のまま、塁審を見上げた。

「セーフ！」審判の両手が大きく左右に開いた。

俺の右手はかろうじてベースにかかっていた。その上に、タッチにいったファーストミットがかぶさっていた。間一髪だった。

「コルァ！　クリス！」突然、怒鳴り声が響いた。サインを無視された監督が立ち上がっていた。鬼の形相である。ところが、監督はクリスではなく、俺のほうをにらんでいるのだった。

嫌な予感がした。


十三対〇で負けた試合終了後、敬新学園の駐車場をかりて、ミーティングが行われた。

監督は初回のクリスのバントサイン無視を早々にやり玉に挙げた。当然と言えば当然の成り行きだ。

「ボク、まだ日本の sign play よくわからないんだヨ。misunderstanding だヨ」それがクリスの言い訳だった。

そんなわけないだろと、全員が心の中でツッコミを入れているはずだったけれど、口に出すヤツはいなかった。

　あそこできっちりランナーを送っておけば、早い回から試合の流れはウチに傾き、無得点はさけられたかもしれない、しかも相手の守備隊形からしてバントは無警戒だった、クリスがやるからこそバントが生きたはずなのだ、クリスもセーフになる確率が高かった、云々と説教はつづいていった。

　クリスは体育座りのまま、じっとうつむいて、アスファルトを見つめている。人差し指で、自分の股間の下にある石をいじっている。返事すらない。監督よりも大きい男がこうしていじけている姿は滑稽で、ちょっと笑える。

　けれど、説教中にこれはまずい。もし俺たちがこんな反応をしたら、厳しい叱責を覚悟しなければならない。ところが、まだ監督自身もどうクリスを扱うべきかはかりかねているのか、淡々と自分の言いたいことだけを言いつづけている。

「瀬山！」監督が唐突に俺を呼ぶ。

「はい！」ついにきた、と俺は身構えた。体育座りのまま背筋を伸ばす。同じクラスというだけで、なぜか俺がクリスの教育係を仰せつかっているのだった。

「クリスにサインをよく教えておけって言ったよな？」

「はい」

「教えたのか？」

「はい」

「本当か？」

「はい」

「じゃあ、なんでクリスはバントしなかったんだ？」

知らねぇーよ、などと言えるわけがない。監督だって、あれが完全なる無視だということはわかっているはずだ。練習段階からして、クリスはバントに消極的だったのだ。

すると、いきなりクリスが立ち上がって叫んだ。

「ボクはbuntなんかするために日本に来たんじゃないヨ！」

強打を期待され、まるでスカウトでもされたような口ぶりだったが、実際は家庭の事情でニュージャージーからやって来た、ただの一転校生である。

「American Baseballはbuntなんて、そんなみみっちいことしなかったヨ！」発音の良い英単語の合間に、意外な日本語のボキャブラリーが飛び出してくるが、それどころではない。

アメリカでは相手が監督であれ、自己主張するのは当たり前のことなのかもしれない。だけど、ここは日本だった。監督の言葉は絶対だ。だからこそ、監督自身も口を開けっぱなしにして対処に困っている。

「おい、クリス、『来たんじゃないよ』じゃなくて『来たんじゃないです』だろ。先生には敬語使えって言っただろ」俺はクリスの両肩に手を置いて、その場に座らせた。

とっさにクリスのタメ語をやり玉に挙げて、バントの件をうやむやにしてしまおうと考えたのだ。そうして、バントなんか大した問題じゃないよ、という雰囲気をかもしだそうとした。

とにかく、ここは穏便にすませて、早く家に帰りたかった。自分のプレーと受験勉強で精一杯なのに、クリスのお守(も)りまで任せられて疲れきっていた。

「とにかく、ボクはbuntなんかやりませんデス!」

チームの誰しもがこの一言に救われたと感じただろう。クリスが力強くそう言うと、最初にマネージャーのマユミが噴きだして、それに安心したのか全員が笑いだした。

クリス一人だけが状況をつかめていない様子だった。

みんなは張り詰めた空気から解放されて安堵(あんど)しているようだったけれど、根本的な解決にはまったくなっていなかった。

　こういったささいなズレが確実にクリスを孤立させていく。チームとして一丸となっていくべき時期に抱えこんだ爆弾は、思いのほか根が深いのかもしれなかった。いずれにせよ、夏の大会までに地道に互いの妥協点を探っていくしかない。

　夏の大会までは、あと三ヵ月だった。

2

「アメリカ人が来るよ！」そう言って、マユミがトレーニングルームに飛びこんできたのは、一月のことだった。

　冬はひたすら走りこみ、筋トレに徹する時期である。ボールを握る機会はあまりない。地獄の練習メニューにみんながうんざりする中、四番でサードの宮増先輩だけが嬉々としていた。自分の筋肉が大好きな男で、練習後は必ず姿見で己の肉体美を確認している。マイ・プロテインまで律義に持参して、トレーニング後には欠かさず飲んでいる。

　トレーニングルームとは名ばかりの、体育倉庫の一室だった。マットや跳び箱が置かれている、さらにその隅っこのホコリ臭いスペースに、ベンチプレスをはじめとしたダンベル類、腹筋・背筋マシーンがあった。学校が購入したばかりなので、マシーン自体は新しかったが、種類は少ない。所詮は、部員全員がベンチ入りできる弱小都立高校なのである。他の部も例外なく弱い。

「助っ人外国人だよ！」いったいどこから仕入れてきた情報なのか、マネージャーのマユミは興奮して「アメリカ人」を強調する。

「だからさ、野球部に入るのは確定なの？」俺はマユミの情報が一向にはっきりしないので、少しイライラしていた。

「そう……だと思うけど。アメリカでやってたんだって」全員から質問攻めにあうと、徐々にしどろもどろになっていった。マユミ自身小耳にはさんだ程度なのだろう。

マユミがアヒル口になりながら小首をかしげると、男どもは曖昧（あいまい）に視線をそらして黙りこんだ。自分がかわいく見えるしぐさを完全に心得ているのだ。追及をかわすときはいつもこうだ。

「でさ、そのアメリカ野郎の筋肉と、俺の筋肉とどっちがスゴいのかな？」最終的には宮増先輩が訳のわからない質問をしたところで、一気に助っ人熱はさめてしまった。

　監督が来てから、ようやく情報がまとまってきた。大佐古(おおさこ)は国語の教諭なので、校内の情報にも明るかった。

「言っとくけど、純粋アメリカンじゃないぞ」今日もトレーナーをジャージの中にインしている大佐古が説明を始めた。

　転校生のクリストファー君は、母親が日本人でハーフである。日本語のコミュニケーションに関しては何ら支障がない。今は一年生で、こちらに転入する四月には二年生になっている。野球は小学生のころからやっているらしい。

　両親が離婚し、母親とともに日本に来るそうだ（「そこらへんはデリケートな事情があるだろうからじゅうぶん気をつけろよ」と大佐古先生）。当分のあいだ母親の実家に身を寄せることになる。

「で、ポジションはどこなんですか？」センターの副キャプテン・渡田先輩が聞いた。

　秋の新人戦をへて、今年四月の新学年をひかえ、レギュラーはほぼ固まりつつあった。そこに、まったく実力のわからない外国人転校生がやってくる。気にならないほうがおかしかった。

「うん、実はショートらしいんだよね」大佐古が表情を変えずに言う。

ショートの大野(おおの)がその言葉にびくっと反応した。

「でも、できる内野があったら、どんどん入れ替えていくつもりだから」

セカンドの俺もその言葉にびくっとした。

ただでさえ、大野と俺は若い二遊間ということで、先輩からの攻撃にさらされやすい。俺たちがエラーすると「ヘイ、しっかりやれよ、若いの!」と、なぶりものにされる。アンタらと一年しか違わないだろ、とは言えるわけがない。内野の要(かなめ)なのでしかたがないとあきらめている。

「とにかく、レギュラーを奪われることのないように、今から基礎体力をしっかり固めておくこと!」大佐古はうまいこと総括した。監督としたら、やる気の出ない冬の時期に、選手の尻を叩く材料が出てきて良かったと思っているのだろう。

まさか大佐古も、このときには、日米野球の対立に巻きこまれるとは思ってもいなかったはずだ。音楽に国境はないとよく言うけれど、野球だってひとたびキャッチボールしてうちとけてしまえば、すぐにわかりあえるはずだと、俺もかなり単純に考えていたのだった。

三月の終わり。

グラウンドをとりまく桜のつぼみが、ようやくほころびはじめたころ、転校生クリスはやって来た。

アメリカ人イコール白人だと勝手に思いこんでいたので、クリスの褐色の肌を見たときには、全員が、なるほど、そういうことね、と思ったはずだ。何が「なるほど」なのかと聞かれても答えられないけれど、とにかく一言でまとめるとそうなる。腕相撲で白黒つけてやると豪語していた宮増先輩も、百九十センチ近い黒人を間近にすると、ビビって声がかけられないようだった。

正式な転入前の春休み中に参加するのは、四月に入ってしまうと入部希望の一年生で何かとあたふたしてしまうので、という理由だった。その前に少しでも部に慣れてもらおう、という学校側の特別なはからいだった。

「須永Christopherデス！」と、そこだけは自己紹介の定型文句として「です」をつけたクリス。一礼すると拍手が起こった。「みんな、Chrisと呼んでネ」

「ほら、クリス君は、敬語がまだね、苦手なわけで」と、大佐古もまだこの時点ではかなり寛容だった。「先輩連中も大目に見てやってくれ」

だが、初日から日米野球の常識が衝突していくことになる。

グラブとスパイクは向こうで使いこんだもののようだったが、練習着は日本で買いそろえたらしく新品だった。そのズボンは、くるぶしの部分まで垂れ下がっていた。

「悪いけど、クリス。ズボンのすそをまくり上げて、ソックスが見えるようにして」

早々に新学期のクラスが同じであることを告げられ、「何かと面倒を見てやってくれ」と担任でもある大佐古にたのまれていた俺は、クリスに注意をうながした。

「Why?」

その態度で一瞬カチンときたが、クリスに悪気はないのだと思いなおし、丁寧に説明しようとした。しかし、なぜそうしなければならないかと聞かれてみると説明しづらい。

野球ではアンダーソックスの上に、色がついたオーバーソックスを履くことになっている。その色は、アンダーシャツとともにチームカラーとして統一されている。等々力高校は深緑色だ。

高校球児はズボンのすそをふくらはぎまでまくり上げて、ソックスを出すのが、当然のスタイルとされている。高校野球の憲章みたいなもので決まっているかどうかはわからない。とにかく、すそをそのまま垂らすのはだらしないとされている。制服を腰パンではくようなものなのかもしれない。が、クリスにそんなことを言っても通用しない。

「日本の高校野球ではそうすることになってんだよ」

「Why?」

言葉を覚えたての幼児みたいだった。堂々巡りだ。

「とにかくそっちのほうがカッコ良いだろ。ほら、イチローだよ、Ichiro!」俺はクリスが知っていそうな名前を挙げた。「クールだろ?」

たしかにプロでは日米問わず、すそを上げていない選手のほうが断然多い。でも、なかにはソックスを見せている選手もいる。俺の勝手な主観だけど、そういうプロは「巧い」選手が多いような気がしている。イチローが代表格だ。足が速い。守備が巧い。打撃も巧い。そんな選手は、カモシカみたいに締まった足を見せつけるためなのか、すそを上げている。

クリスも日本野球になじもうと懸命なのだろう。「Why?」はそこでとまって、ようやくすそを上げてくれた。

アップが終わって、キャッチボールに移った。もう大丈夫だろうと安心した矢先、早くも次なる問題が勃発した。

「おい、クリスがガム食ってんぞ!」辻村先輩が声を上げた。

いつの間に口に入れたのか、派手にクチャクチャやっている。何がいけないのかと、ぽかんとしている。さすがに大佐古も黙っていられないらしく「それはいくらなんでもダメだ、クリス。出してくれ」と、詰めよっていった。

「Why?」

さっきの俺みたいに、大佐古が必死に怒りをこらえているのがわかった。クリスに悪気はない、悪いのは自由すぎるアメリカの風土なのだ、そう自分に言い聞かせているように見えた。

「このほうがrelaxできるヨ。play集中できるデショ」

正論にぶつかって、大佐古はこぶしを握りしめたまま耐えていた。「礼儀」という言葉を使いたくない気持ちだけは、俺にも理解できた。その言葉を鼻で笑われたら、俺たちが日々取り組んでいることの半分は意味を失ってしまうかもしれない。

「おい、マユミ！」なぜか大佐古はマネージャーを呼んだ。尻のポケットから財布を取り出して、千円札をマユミに渡す。「悪いんだけど、これでガムを買えるだけ買ってきてくれ」

全員が大佐古の言葉にぽかんとしている。マユミもしばらく思考停止状態だったらしいが、ふたたび監督にうながされて、ピンクのジャージのまま校門のはす向かいにきた。

「オーサコ、何考えてんだろ？」グローブで口元を隠しながら、大野が小声で聞いてきた。

「さぁ……？」

あるコンビニに走っていった。

「まさか、みんなで食えって言うんじゃないよな？」

大野は冗談のつもりで言ったのだろうが、その読みは見事に当たっていた。戻ってきたマユミからガムとお釣りを受けとると、「さあ、みんな好きなだけ食え！」と言って、選手たちに差し出してきた。みんなが躊躇していると、「ほれ、ほれ！」と、口に放りこまんばかりにすすめてくる。

「たしかにクリスの言うことにも一理ある。だったらみんなで試してみようじゃないか。仲間内で礼儀もクソもない！」大佐古は全員にガムが行きわたったのを確認してから言った。「これで練習の効率が上がったら願ったりかなったりだろ？　ただし、今のところは練習でだけだ。まだ先のことだが、練習試合で食うのは禁止する。あと、当然グラウンドに吐き出すのも禁止だ。クリス、わかったな？」

突然の出来事に、みんな興奮していた。「イエー！」と奇声を上げて、ガムをクチャクチャやりながら、グラウンドに散っていった。気候もようやく暖かくなってきた。ボールを使った練習も解禁になって、おめでたい気分になっている。

大佐古の指示で俺はクリスと組むことになった。

クリスの投げる球には重みがあって、まだ近い距離ながら肩の強さがじゅうぶん伝わってくる。フォームもしっかりしている。日本式スタイルに難癖をつけてくるとはいえ、小学生から野球の本場でやってきただけあって、実力はきちんとそなえているのだろう。

口だけのヤツじゃないということはよくわかった。きっと、このキャッチボールですぐにうちとけることができるだろう。

と、思ったら、クリスが突然こちらに駆けよってくる。

「なんで、みんなバカみたいに叫んでるの？」クリスが不思議そうにたずねてくる。

「え？」

「みんな意味わからないこと shout してる。crazy ダヨ」

俺にとったらいつもの練習風景だったが、初めて日本の野球に接したクリスの気持ちになって周囲を眺め渡してみた。たしかにそれは不可思議な光景だった。

「さぁ行こうぜぃぃ!!」

「ウェエーイ!!」

「行こ、行こ、行こっせぃ！」

「セイ、セイ！」

チーム全員が口々にそう叫びながらボールをやりとりしている。ガムのせいでテンションが上がっているので、いつもより意味不明のかけ声が平気で飛び交っていた。部外者のつもりで眺めてみると、たしかに気持ち悪い。

だけど、これも日本の高校野球では日常的な光景なのだった。

キャッチボールをはじめとして、練習や試合を無言でやっていると怒られる。「お前ら、葬式出てんじゃねぇんだぞ！」と叱られる。士気や雰囲気を盛り上げるために、意味不明な言葉でも出せれば出す。まるで絞り出すようにして、ムリにでも絶叫する。それは弱小校だろうが、強豪校だろうが、基本的にはどこも同じだった。

「おい、瀬山、どうした？」大佐古が異変に気づいて駆けよってきた。

「いや……、クリスが、なんでみんな意味わからないこと叫んでるのかって言うんです」俺はそう訴える以外、説明の言葉を持たなかった。我ながらおかしなことを言っているなという自覚はあった。

ところが、大佐古はその意味するところを敏感に察知してくれたらしい。「集合！」と叫んで、キャッチボールをやめさせた。

一向に練習が進まないので、みんなうんざりしていた。クリスの面倒臭さを徐々に意識しはじめているようだった。

「俺は前々から疑問に思っていたんだ」と、大佐古はおごそかに話しはじめた。「これを機に告白するが、本当に意味のないことを叫んでまで、場を盛り上げる必要があるんだろうか？　ここは大学生サークルの飲み会じゃないだろ？」

そう言われても誰もぴんとこなかった。三十代後半の大佐古だけが、その喩えのうまさに、一人悦に入っている様子だったが、高校生相手では不適切だったと気づいたらしく、ひとつ咳払いをしてから言い直した。

「夏の大会の、あの炎天下を思い浮かべてほしい」

みんな一度は体験していることなので、思い出すのは簡単だった。

真夏の殺人的な太陽。日差しをさえぎるものが何もない球場は、すり鉢状になっていて、いわば盆地のように熱気をためこんでいる。ただその場に立っているだけで、目の前がゆらゆらと揺らいで、汗が噴き出てくる。

「少し動くだけでも体力を消耗する猛暑日に、意味のないことまで叫んでアップしてキャッチボールして、試合の最中まで叫び倒して、雰囲気を盛り上げる必要があるのか。そんなことで体力をすり減らしてしまったら元も子もないんじゃないか。俺はそう思うんだ」

　なんとなくの慣習でつづけていたことだった。おそらくどこの学校も同じだろう。古い世代から、新しい世代へ、二十一世紀に突入しても、代々やってきたからという理由だけで、意味のないことをバカの一つ覚えで叫びつづけている。たしかに俺たちは場の雰囲気を大事にする日本人だった。みんなが叫ぶから、自分も叫ばずにはいられなかった。

「誤解しないでほしいけど、それは声を出さなくていい、ということじゃない。意味のあることなら、どんどん声を出すべきだ。相手が良いボールを投げたら『ナイスボール』と言えるだろうし、球がそれたら『しっかり！』と言うこともできる。試合中でもそうだ。味方を励ましたり、褒めたり、叱咤したり、意味のあることならどんどん声を出してくれ。とくに試合でミスが重なったりして、辛気臭くなったときにはな。それだけで、じゅうぶん意気も上がるだろ？」

「じゃあ、『バッチコイ！』とか、『リー、リー』とか、そういうことも言わないでいいってことすか？」キャプテンのキャッチャー・岡崎先輩が聞いた。

「そういうことだな。これからは、意味のあることだけ言えばいい」

《意味のあることだけ言えばいい》。なんだか格言めいてカッコ良く聞こえるけれど、人間だったら当たり前だろ、と俺は思った。ところが、その当たり前のことを無視してきたのが俺たちだった。まるで叫び声をまき散らす猿だった。というか、本当にクリスからは俺たちがイエローモンキーに見えているのかもしれない。

「たしかにアメリカの野球は合理的かもしれない」大佐古は中途半端に伸びた無精ひげをなでさすりながらつづけた。「その一方で、日本の野球は、だいぶマシになってきたかもしれないけど精神論に傾きすぎているきらいがある。俺が高校生のころは、今思い返すと、マジでひどかった」

嫌な思い出がフラッシュバックしたのか、大佐古の顔は泥でも口に詰めこまれたように歪んだ。着実に後退しつつある広い額がぴくぴくと動く。

「でも、日本なりの良さもあるにはあるんだ。その折衷点をうまいこと探っていったら、チーム力も上がっていくんじゃないか？　チームの雰囲気も良くなっていくんじゃないか？　どうだ、みんな」

度重なる「Why?」はたしかにウザいけれど、そこには日本高校野球界の常識を根本的に打ち破って、革新に導くヒントが隠されているのかもしれない。大佐古はクリスの存在を利用して、ふだんなかなか直すことのできない負の慣習を清算しようとしていた。

「この際だから、本格的に練習を始める前に、疑問に思ってることを出しあわないか？」大佐古が提案する。「変えられることだったら、変えていこうと思うから」

みんなが顔を見合わせた。そんなことをいきなり言われても、思いつくはずがない。すると、またしてもクリスが手を挙げた。

「なんで、みんなボウズ？」クリスが俺たちの頭を不思議そうに見つめて聞いた。

「軍隊じゃないデショ」

カルチャーショックの源はそこなのかもしれない。たしかにボウズ頭の生徒が居並んでいる様子はそうそうお目にかかれない。この頭が高校野球精神論の象徴であり、温床でもあることはたしかだった。

でも、俺たちだって黒人の多くはたいていボウズ頭かスキンヘッドだと決めつけていた。ウィル・スミスとか、マイケル・ジョーダンとか。編み編みのドレッドヘアーもミュージシャンなんかで思い浮かぶ。ところが、クリスのヘアーは中途半端な天然アフロだった。帽子の左右からはみ出した毛が鳥の巣みたいだ。

とにかく、ボウズに対する俺たちの反応は鈍かった。

「いや……これって、べつに強制されてるわけじゃないし……なあ？」

「ああ、楽なんだよなぁ。そこの水道で頭から水かぶっても、すぐ乾くし」

「そうなんですよね。髪長いと、グラウンドの土でごわごわになっちゃいますしね」

「バリカンだと、お金かかんないもん」

「ってか、サッカー部の髪長いのとか、マジでチャラいよな？　あのおでこに巻いてる、ヘアーバンドのヒモみたいなやつって何なんだよ。あれってマジでダサくない？」

野球部としての、ちょっとしたひがみも混じっている。みんなだって等々力駅前のおシャレ美容室〈アッシュ〉で、一回でいいから髪を切ってみたいのだ。でも、それは大学生になってからとあきらめている。

「じゃあ、こうしよう」と、大佐古が総括する。「みんながボウズにしてるから、してるってヤツは、これから堂々と伸ばせばいい。そこは後輩でも遠慮せずに自分のやりたいようにやれよ。ボウズが機能的だと思ってる人間だけ、切ればいいってことにしよう」

こうして、クリスを迎えた新生等々力高校野球部がスタートした。

マユミが模造紙に大きく新ルールを書きこんで部室に張った。

・髪形は自由！

・意味のないかけ声はしない！
・意味のあるかけ声はどんどん出そう！
・ガムはお試し中！（ゴミはゴミ箱に！）
・ユニフォームはしっかり着るのがクール！

「まだ余白があるから、追加のルールがあれば書きくわえていこう」大佐古監督はイノベーションが達成されつつあるのを見て、満足そうにうなずいていた。

3

四月は学校全体がうわついた雰囲気になる。

新入生が入学して、部活の勧誘が活発になる。色とりどりの立て看板が校門から校舎への道筋に立てられていた。ちょっと大きめの制服の、きょろきょろと落ち着きのない一年生の初々（ういうい）しい姿が、校舎のそこここにあふれていた。

クリスの日本での高校生活も本格的に始まった。クラスそのものは一年生からの持ちあがりで、そこにクリスが入ってきた格好になる。

始業式の日には、さっそく同じクラスのバスケ部・安藤に勧誘されていた。

「クリスは、当然バスケ部だよ、な？」がっちりと肩に手を回すが、身長が違いすぎて、安藤は爪先立ちになっていた。

そりゃ、いきなり長身の黒人転校生が現れたら、バスケ部としては放っておけないだろう。やはりクリスの見た目からすれば、野球よりバスケットボールだった。ダンクを決められる身長とジャンプ力は余裕であるだろう。

クリスはあわてて「ボク、野球部！」と、首を振っていた。

「は？　野球？」なぜか安藤はキレている。「超もったいないじゃん！　こんなセンターがいたら、ただコートにいるだけで超高校級だぞ」

クリスはこのあと、かわるがわる体育会系各部の勧誘を受けることになる。バレーボール、サッカー、ハンドボール、陸上、空手、柔道など。さすがに卓球部から誘われることはなかった。

そのあとにやって来たのは、クラスの女子たちだった。あまり物怖じしない、明るい女子グループではあったが、それにしても警戒心がなさすぎる。

「髪の毛、かわいい〜。鳥の巣みたい」そう言って、もさもさのアフロを寄ってたかっていじりまわし、きゃっきゃっとはしゃいでいる。クリスはされるがままになっていた。まんざらでもなさそうだ。

「日本の食べ物何が好きなの？」

「Sushiro!」

「え？　スシロー？」

「I love Sushiro!」

「スシローって、お店だし！　クリス君、ちょっともう一回言ってみてよ」

「Sushiro!」

「なんかめっちゃカッコ良く聞こえるんですけど～。イチローみたいだし」そう言って、みんなで大笑いしている。

アクセントがつたないと、どうしても幼い印象が前面に出てきてしまう。言葉を覚えたての赤ちゃんみたいで守りたくなってしまう。おそらく、これから日本人にもまれて生活し、まっとうに敬語を覚え、日本語で悪態をつけるまでになると、そんなかわいさはあっという間にかき消えてしまうのだろうけれど。

「キョーイチ！」と、クリスは俺の名前を呼ぶ。春休み中から練習をともにしているので、すでに名前で呼びあっていた。「みんな良い人だネ。すごく安心した」

「だろ？」少なくとも肌の色でとやかく言う面倒臭い人間は、ウチのクラスにはいないはずだった。

「友達できそうダヨ」いくら日本語が話せるとはいっても、文化がまったく異なる環境で生活していくのはわけが違う。緊張や不安もあるだろう。アメリカに友人を残してきた心残りもあるかもしれない。それでも、なるべく明るく振る舞おうとする姿がクラスメートにも受け入れられたようだった。

　クラスでの学習活動のサポートをすることになったのは、小野寺さんというアメリカからの帰国子女だった。クリスも俺も、そして担任の大佐古も、小野寺がいたおかげでだいぶ助かったことになる。むしろ、クリスがこのクラスに入ったのは、英語がネイティブレベルでしゃべれる小野寺がいたからなのかもしれない。

　クリスはアメリカや英会話が懐かしいのか、最初はさかんに小野寺としゃべっていた。席も大佐古の配慮でとなり同士である。しかし、クリスはこのあとすぐに小野寺に一喝されることになる。小野寺の性格をまだ知らないのだった。

　彼がずっと英語で話しかけていると、「Hey, Chris!　なるべく日本語でしゃべったほうがいいよ。まだまだ下手くそなんだから」そうずばりと言ってのける。「どうしてもわからなかったら、英語で説明してあげるから」

　早々に釘を刺されてクリスはそうとうショックを受けたようだった。死んだように、しおれている。

　小野寺はまだ物心がつかないうちからアメリカに転居し、中学校から日本に帰って来て、かなり苦労したと聞いている。だからこそクリスに厳しく接したのかもしれない。それは、小野寺なりの優しさなのだろうと思う。

　しかし、それ以上に小野寺が、あまり私に話しかけないでくれというオーラを放っているのが、クリスにはこたえたらしい。何か用件があれば話しかけていい。でも、それ以外で話しかけてくれるな、という態度は、クリスだけではなくクラス全員に対してても同じだった。一年の入学当初から一貫してそうだった。

　もしかしたら日本人不信なのかもしれないと俺はひそかににらんでいたのだが、あるいは人間全般へと不信は広がっているのかもしれない。日本に帰って来た中学校時代に何があったのかは誰も知らない。わざわざかなり遠い家から通っているようだった。「日本の中学で苦労したらしい」というウワサだけが独り歩きして伝わっているから、誰もが彼女をそっとしておいているのだ。

「小野寺サン、こわいヨ〜」クリスが泣きついてくる。

「ってか、アメリカってあんな女ばっかりだと思ってるんだけど、俺は」

「そんなことないヨ」

「まあ、でも意外と優しいんだよ」と、俺はかなり適当なことを言った。「必要なことだったら、ちゃんと丁寧に説明してくれるだろ？」

「それはそうだけど……」

こうして、へこまされるところはしっかりとへこまされながらも、クリスの高校生活は軌道に乗っていった。

プレーに集中できる環境が徐々に整ってくると、野球部でもクリスはめきめきと頭角を現していった。

クリスの魅力は、なんといってもその堅実な守備と強肩だった。

意外に、と言うと失礼かもしれないけれど、あれだけの長身のわりに、ショートの守備は手堅く、ミスも少なかった。体のさばき方がしなやかだった。

どんな打球でも、体の正面に回りこんで捕ろうとするのがクリスの最大の長所だった。基本中の基本だが、打球が速かったり、追いつけるか追いつけないかのぎりぎりの範囲だと、ついグラブだけで迎えにいってさばこうとしてしまう。

レギュラーのショート・大野が典型的にそういうタイプだった。センスのかたまりみたいなヤツで、グラブさばきがうまいぶん、そういったテクニックに走りがちだった。その反動で、つまらないミスも多くなる。

クリスはまったく反対で、どんなに厳しいコースに飛んでいっても、とりあえずは正面に回りこもうとする。というか、実際回りこんでしまう。

クリスの場合、ひとえに初動が早いのだった。よく観察しているとわかるけれど、ボールが飛んで、そのコースを見極めたあとの一歩目が違う。一歩目が違ってくると、もう天と地ほど差が開いてしまう。ほとんど野性的と思われるほどのしなやかさで、その一歩目が踏み出されると、サード寄りの内野の深いところでも、あっという間に回りこんで捕球し、踏ん張った姿勢のままノーステップで一塁まで投げてしまう。しかもノーバウンドでファーストミットに突き刺さる。何気ないプレーだけど、そこだけ見れば超高校級と言っても言い過ぎではないと思う。さすがにこのときばかりは、ほかの部員たちから感嘆の声がもれた。

守備だけ見れば、先任の大野との差は歴然だった。順当にいけば、大野がセカンドに回って、俺が控えということになるはずだった。だけど大野は「俺がクローザーになる」という謎の宣言を残して、事実上二番手ピッチャーに専念することになった。俺への気づかいも多少はあったのかもしれないし、そのままセカンドにスライドだとクリスに負けたというレッテルが張られて嫌だったのかもしれない。たしかに、部員が極端に少ないので、ピッチャー専任の人員が増えればチームとしても助かるのだった。

大野は、今まで練習試合で投げたことは多々あった。ただ、ショートの守備からすぐに交替してピッチャーに入るので、納得のいく投球はできていないようだった。もともと少年野球ではピッチャーだったらしい。たしかに球は速い。だが、雑なコントロールが目立つ。きちんと投手としての練習を積めば、夏までには頼もしいリリーフになっている可能性があった。

ただ、問題はクリスのバッティングだった。あの華麗な守備からは想像のできない、粗いバッティングだった。いったい、アメリカのコーチは何を教えていたんだろうと、いぶかるほどだ。

初めて打席に立ったときは、メジャーリーガーを彷彿とさせる構えに、チームメートの期待は最高潮に高まった。構えだけ見れば、ホームラン量産のスラッガーだ。

たしかに最初はその期待を裏切らないバッティングを見せた。

それはバッティングマシーン相手だったからだ。ここに来るぞ、とわかっている球が、そのまままっすぐやってくる。慣れれば誰だって打てるようになる。

クリスは、その豪快な構えから、ボカスカ打ち返した。気持ち良いほど飛んでいく。筋肉バカの宮増先輩の最長到達点を軽々越えて、さらに彼方の、校舎を守るネットの上を越えていった。春休みなので被害はなかった。

しかし、俺は気が気ではなかった。ベンチに座ってバッティング練習を見守っている大佐古監督の様子を盗み見た。やはり苦い顔になっている。

以前、宮増先輩をはじめとした、等々力高校の自称スラッガーたちが、球を遠くに飛ばすことに熱中しだしたとき、大佐古がついに立ち上がって怒鳴った。

「お前ら、バッティング練習はオナニーじゃねぇんだぞ！」大佐古得意の比喩(ひゆ)表現だったが、バッティングマシーンに球を入れていたマユミは思いきり眉(まゆ)をしかめていた。

要するに、球を飛ばすことだけに熱中して、一人で気持ち良くなってるんじゃないぞ、と大佐古は言いたかったのだ。バッティングマシーンの棒球(ぼうだま)なんて誰でも打てる。最初に指示したように、自分なりにシチュエーションを頭の中でイメージして打たないと練習の意味がない。流し打ちを心がけるのか、それともセンターラインに打球を集中させるのか、強いゴロを意識するのか、それとも犠牲フライを想定して飛球を上げるのか、頭を働かせながら打たないと上達しないぞと指摘したかっただけなのだ。

だから、力にまかせて気持ち良く飛ばしているクリスにもその洗礼があるものだと思っていた。問題は言い方だ。そもそも「オナニー」は英語なのか？　と、俺はつまらないことを考えていた。クリスに「オナニー」は通じるのか。それだったら、「マスターベーション」のほうが確実なんじゃないかと、クリスの打球を受ける二塁の守備につきながら、いつ大佐古が怒鳴りだすか身構えていた。

しかし、大佐古は何も言わない。依然、腕を組んでベンチに座ったままである。

と思ったら、ついに立ち上がった。

「クリス、ラスト十球、バントもやっておけ」

「したことないヨ」即答だった。そのまま打ちつづけようとする。

「おい、ちょっと、マユミ、待て！」大佐古は大声を出して、マシーンに球を入れているマユミの手を止めさせた。「アメリカではどうだったか知らないけど、ウチではバントも大事な戦術の一つだ。誰だろうと、やってもらうからな！」

クリスは、その剣幕に押されて、一応うなずいた。しぶしぶバットにボールを当てていく。やる気がないので、後ろに飛んでいってファールになったり、マウンドの中央に勢いよく転がっていったりする。あまりにへっぴり腰のバントだったので、俺が教えることになった。

腰を落とす。腰を入れる。ボールの高低は膝の屈伸運動で調整する。バットだけで合わせにいってはならない。ボールが低いときは必ず、膝と腰を落として、バットの角度は変えないこと。

どうあがこうと、日本の高校野球で、とくにウチみたいな弱小校でバントをやらないという選択肢はありえないのだ。

もちろんワンヒットで確実に一点というセオリーもある。でも、それ以上に高校野球的な理由もある。

ランナーがスコアリングポジションに進めば、相手もそれだけ慎重になる。ピッチャーも抑えようと力む。野手にもどんなミスが出るかわからない。エラーもあるかもしれない。暴投やパスボールもあるかもしれない。

裏を返せば、情けないことだが、相手のミスを期待するほど、俺たちは打てていないということだ。俺たちは非力な弱小校だった。だとしたら、犠牲を払いながら、一つでも塁を先に進めるしかないではないか。

クリスは終始不機嫌だった。ぶすっと黙りこみながらも、一応はバントをやる。こんな大男がふてくされながらも、小技をやらされている姿はやたらと哀愁を誘った。

大佐古は何も言わずに腕を組んで見つめている。

それでもコツをつかむと、うまく勢いの死んだ球が一塁線や三塁線に転がるようになってきた。やっぱり根っこのセンスは良いのだ。

ただ、気持ち良く打球を吹き飛ばすのも、バントを転がすのも、バッティングマシーンだったからで、人間の投げる生きた球はからっきし苦手なクリスだった。打ち気にはやりすぎて、すぐに大振りし、ちょっと曲げられたり、高めにつられたりすると、簡単に空振りしてしまう。プロ野球で言ったら、三振かホームランの助っ人外国人みたいになっていた。

とはいえ守備は誰よりもうまかった。野球の基本は守りであるし、それは高校野球だったらなおさらのことだ。こうして、クリスは早くも正ショートストップの座を不動のものにしていた。


ところが、学業のほうは、野球のようにはいかないらしい。

国語をはじめとして、クリスはなんとか授業にしがみついている様子だった。クリスの母親は、いずれ日本に帰ることを想定していたのか、それともバイリンガル教育というものなのか、漢字などの読み書きまでしっかり教えていたようだ。ただ、日本語の話し相手はもっぱら母親だけだったので、誰に対しても甘えるような口調になってしまう。

英語の授業のときだけ特別にクラスから離れ、日本語を勉強することになった。TPOをわきまえたスピーキングが学習目標だ。地域の日本語教育のボランティアと、手があいていたら大佐古も教えているらしい。

考えてみれば、小野寺のほうは英語系の授業も一年生のときからすべて参加している。英語がペラペラなんだから、べつに授業に出る必要もないんじゃないか。俺は疑問に思って、恐る恐る聞いてみた。

「受験英語って何がしたいのかよくわからない」と、小野寺の答えはなんだか微妙にピントがズレていたけれど、言いたいことは理解できた。日本の大学を受験する以上、その独特の文法（英語そのものの文法というわけではなくて、受験英語という分野のルール）は学んでおかないといけないという意味なのだろう。

一方のクリスは敬語で四苦八苦しているようだ。

「少々拝見いたしますが、よろしいでしょうか？」と、さっそく習ったらしいフレーズを使って、俺のノートをのぞいてくる。「失礼いたします」

その堅苦しい言葉を聞いた周りのクラスメートも苦笑していた。

「練習だったらいいけど、俺に対して『拝見』はおかしいよ。『見せて』でいいよ」

「え、ウソ!? 先生だったら?」

「相手がさ、たとえば大佐古先生でもやりすぎな気がするけどなぁ……。やっぱり高校生が『拝見』なんて言ったら、笑われると思うけど」

「わからネェヨ！」頭が爆発しているようだった。

「敬語でもレベルがあるんだよ」このときばかりはクリスが不憫でならなかった。

「クリスの場合さ、まず『です・ます』の丁寧語からいこうよ。クリスが社会人になったら、きっと『拝見』も使えるって」

受験英語は役に立たない、敬語は難易度が高すぎる——そんな一刀両断で、野球の意味のないかけ声と同じように、いつの日か捨てさってしまうことができるのだろうか。おそらく、俺が今さら考えなくても、そんな議論は日本中でされつくしているのだろうけれど。

学校は、そして社会は、俺にとって意味のないことであふれかえっているのだった。〈七四三年・墾田永年私財法〉（自分で開墾した田はずっとその者の持ち物となる）と、覚えていったい何になるというのか。「国破山河在　城春草木深」が読み下せて、意味がわかったとして、何のためになるのか。窒素の融点と沸点を覚えて生活に少しでもプラスになるのか。

そんなことを言いだしたら、プロ野球選手になるわけでもないのに、なんであんなに苦労して、死ぬ思いで走って、筋トレまでして、部活なんかやっているのだろうかと考えざるをえなくなる。それこそ、とんでもなくムダじゃないか。そのぶん、受験勉強をしていたほうが、どれだけ将来のプラスになるかわからない。

俺はなぜ高校生という大事な時期に野球をやっているのだろう。野球をやるのが楽しいからだろうか。俺にとっては、今のところ楽しいより苦しいほうが断然上回っている。

もしかしたら、そんなことを考えること自体、無意味なのかもしれない。

しかし、今までクラスの中でほとんど接点のなかった小野寺に、なぜかそのことをつっこまれ、俺にとって簡単に捨てておけない大きな問題へとふくらんでいったのだった。

そうなったきっかけは、クリスのバントサイン無視の一件だった。

ある日のこと、クリスが休み時間にこっそり近寄ってきた。

「日本の女の子って、どういう男の人が好き？」そわそわと落ち着きがない。

俺は直感的に、小野寺だな、と思った。いくら冷淡に突き放されたとはいえ、クリスの精神的支柱は間違いなく小野寺だった。同年代の中で、唯一母語で気ままに話せるのは小野寺だけなのだ。クリスはこう見えてもMっ気があって、ああいう強気な女の子が好きなのかもしれない。

「誰なんだ？」俺は単刀直入に聞いた。肘で脇腹をつつく。「協力してやるからさ」

クリスはしばらく迷っている様子だったが、意を決したように名前を教えてくれた。

「児島サン」

かなり意外な名前が飛び出してきた。最初にクリスの頭を触って「かわいい～」と言っていた女子だった。

見た目はけっこう古風な日本人の顔つきだったけれど、明るい性格の、とっつきやすい印象の女の子だ。少しぽっちゃりとしているが、太っているというほどでもない。

クリス、お前はだまされてるんだぞ、と教えてやりたかったけれど、俺はなんとか我慢した。女性の「かわいい～」は話し半分で聞かなければいけない。しかし、日本での経験が浅いクリスが勘違いするのもしかたのないことだった。思わせぶりな「かわいい～」に、してやられてしまうのもムリもない。

「もう気になって気になってしょうがないんだヨ！　夜寝るとき、お風呂入るとき、どうしても児島サンのこと考えちゃう」

「クリスってアメリカにガールフレンドとかいないの？」

「いないヨ！」

最初にちやほやされて以来、児島とは接点も会話もほとんどないらしい。席も遠い。児島は早くもクリスへの関心を失ったらしく、見向きもしてくれない。よりいっそう、焦燥感はクリスの心の中へ降り積もっていく。完全に末期症状だという診断を俺は下した。

こういった種類のことは失敗を繰り返さないと学習できないのだ。それが、男という生き物なのだ。クリスもこれから日本で暮らす以上、早々に痛い目にあっておいたほうが、後々のためになると俺は考えた。

それにくわえて、この色恋はクリスの精神に革新を起こすためにも使える、と俺の頭の中では天啓に似たひらめきが思い浮かんでいるのだった。極端に言ってしまえば自分本位で、自尊心が強く、甘えん坊気質なクリスの性格を叩き直すのはこのチャンスをおいてほかにないと思えた。

「協力してやるけど、条件がある」かなり危険な賭けであることは間違いなかった。

「交換条件で、児島との仲をとりもってやる」

「交換条件？　What?」

「野球のこと。バントのことだよ」

とたんにクリスの顔が曇った。敬新学園との練習試合で、バントサイン無視という失態を先週末に犯したばかりだった。

「児島サンと関係ないデショ」

「関係あるんだよ、大アリだよ」

クリスが疑いの目で俺を見る。俺は一回ゆっくりとうなずいてから、確信を持った表情で話しだした。

「いいか、クリス。サムライは知ってるよな？」

「うん」

現代の日本に本物のサムライはいないが、その精神は確実に日本人に受け継がれている。たとえば、野球やサッカーの日本代表はよくサムライにたとえられる。男らしい男もサムライとして称賛される。

ここからもわかるように、日本人の女の子が惚れるのも、当然サムライのような日本男児である。そこでクリスに聞くが、サムライのような男とはどんな人間か？

「うーん、強い人？」クリスが自信なさそうに答える。

「もちろんそれもある。でも、いちばんのサムライスピリッツは味方のために進んで犠牲になれる精神なんだよ。献身の心だ」

「ケンシン？」

「サクリファイスだよ」

「sacrifice?」

「そう、味方が生き残るために自分の身は進んで捨てる。日本人は自己犠牲が大好きだ。とくに日本の女の子はそういう男に惚れるんだ。日本の美徳だよ」

「カミカゼ？」

「まあ、特攻隊自体は二度とあってはならないことさ。だけどね、純粋に国を守ろう、家族や恋人を守ろうとしたその精神は日本人そのものだ。あと、ちょっと趣旨が違うけど日本人の年寄りが大好きな忠臣蔵とかね。自分が死ぬとわかってても大義のために戦う男が日本人の心にグッとくるんだわ」

「なるほどネ〜」

「で、話は野球に飛ぶけど、なぜ日本人はバントが好きなのか。バントが戦術としてもてはやされるのか、もうクリスはわかっただろ？」

「Yeah!　日本人、なんでbunt大好きなのか、ちゃんとわかったヨ」

「とくに高校野球では、ホームランなんかぶちかますより、味方が勝つために進んで犠牲になれるサムライ魂をもった選手のほうがモテるんだよ。野球は日本ではかなりポピュラーなスポーツだし、とくに高校野球は一戦一戦瀬戸際におかれてる状況だから、観ている人はそこにサムライ魂を投影したがる。当然、児島もそうだ」

「Are you sure!?」興奮のあまり思わず英語が出てしまったようだ。

「シュア、シュア」と、俺もさかんにうなずく。

まったく罪悪感はなかった。こんなことでクリスがサムライのような男に変貌をとげられるなら、進んでバントをしてくれるなら、いくらでもウソをつくつもりだった。

「じゃあ、決まりだな。俺たちの二遊間同盟をとりかわそう」

「ニユーカン？」

「セカンドとショートのあいだの約束だよ。二人のあいだの秘密だから、誰にも言うなよ」

「ＯＫ」

「俺のほうは児島をつれてきて、あいだをとりもとう。そのかわり、クリスはバントをちゃんとやる。バントのサインも無視しない。いいか？」

「ＯＫ！　絶対、守るヨ」

「そう、その意気だよ。チームが勝つためにバントができる男はサムライなんだ」

こういった秘密の約束で男同士が結束するというのも織りこみずみだった。とくにアメリカ人は、こういった友情や秘密に弱そうだ、という勝手な思いこみもあった。シェイクハンドを熱く交わす。

俺は悪い男だろうか？　たしかにそうだろう。しかし、すべてはクリスのためだった。クリスがチームにスムーズにとけこむためだ。四の五の言っていられない。

さっそく俺は裏工作に走った。児島をつかまえて、野球部でのバントのことを説明した。彼女は多少渋ったものの、学食一回分で手を打つことに決まった。絶対にこの件を口外しないという約束もとりつけて、準備は万端整ったのだった。

後日、児島が廊下で一人になったところをみはからって、クリスを連れていく。

「悪い、児島、今ちょっといいかな？」

「いいよ。何？」児島は無邪気な目で俺を見つめてから、クリスに視線を移した。身長がだいぶ違うので、児島は見上げるような格好になる。クリスはあわてて目をそらす。バッターボックスに立ったときの、ピッチャーへの鋭い視線とは大違いだ。

「クリスがさ、連絡先交換してほしいんだって。ほら、お前からも何か言えよ」

「コ、コンチハ！」なぜ今さら挨拶なのかわからないうえに、緊張のせいでいつにもましてアクセントがおかしかった。「クリスです！」

「知ってるけど」児島は思わず噴きだしてしまったようだ。

それだけで、クリスはとろけそうになっていた。えくぼに目が奪われているのが横から見ていてわかる。

「児島サン、お願いします！」

「全然いいよ」

事前に話が通っているのを知らないクリスは無邪気によろこんだ。本当に廊下で飛び跳ねそうになっていた。大男がこうして小躍りしている姿は少し痛々しくもある。ここにきて、俺の中ではちょっとだけ罪悪感が首をもたげてきた。でも、もはや後戻りはできないのだ。

「ちなみにさ……」俺は児島に自然な感じをよそおって聞いた。「児島はどういう男の人がタイプなの？」

「う～ん……」児島はちょっと考えるそぶりを見せた。「やっぱり自分のことよりも、仲間とか周りの人のことをいちばんに考えて行動できる人かなぁ」

その答えは、一言一句、俺が考えて、児島にふきこんだセリフだった。「犠牲」とか「サムライ」なんていうワードを出したら、それこそわざとらしくなってしまう。クリスもすぐに気づいてしまうだろう。匂わす程度に、さりげなく、が大事だった。

俺はひそかに児島に向かってうなずいた。児島もうなずき返す。

児島だってウソはついていないはずだ。本当とまではいかないけれど、ウソかどうかと問われれば、ウソじゃないということになるだろう。そりゃ、誰だって気づかいができる人間のほうが好きに決まっている。だから、それは本当ではないけれど、ウソでもないということになる。

ああ、日本の素晴らしき曖昧さよ！　と、俺は八百万（やおよろず）の神に感謝したい気持ちになっていた。

児島の言葉に、クリスも得心した様子でうなずいている。

「じゃあさ、嫌いなタイプは？」

「しつこい人」これは即答だった。

もちろんクリスを牽制するためである。そこまでねちっこい男ではないと思うが、念のためだ。児島に迷惑はかけられない。

「児島ってアメリカのバンド好きなんだよね？」あとは、いくつか接点をつくってやるだけで完了だ。「何が好きなんだっけ?」

「うん、いちばんは、やっぱりリンキン・パーク」

「Linkin Park! ボクも好き。Live観たことあるヨ!」

「クリス君、ほかはどんなバンドが好きなの? けっこう日本のバンドもカッコ良いのいっぱいあるんだよ」児島も自然に会話を楽しんでいるようだった。

もしかしたら、この二人だって、この先ひょっとすると、ひょっとするかもしれない。可能性はゼロではない。ここからはクリスの努力次第だった。だとしたら、もうそれはウソから出たまことになっているだろう。少なくとも、友達になることはできたのだし、クリスにとって得はあっても、損になることはまったくないはずだ。

この成功ですっかり俺は調子に乗っていた。あとは、考えられるリスクを一つずつ排除していくだけである。

いちばんのリスクは小野寺だった。なんと言ってもクリスといちばん接点があるのは依然小野寺である。ほころびがあるとすれば、そこからだった。

俺は昼の休み時間、一人で本を読んでいる小野寺に恐る恐る近づいていった。すると、二メートル地点で気配をさとられて、にらまれる。高い位置で結んだポニーテールが、気の強さを如実に表しているようで、それこそサムライみたいに見えてくる。

「あのさ、クリスのことでちょっと話というか、相談があるんだけど……」引っこみがつかなくなった俺は、意を決して彼女のとなりのクリスの席に座った。クリスは安藤たちに誘われて体育館でバスケをやっているはずだ。

「どうしたの？」

俺はクリスのバントサイン無視から始まって、児島の件まで——表から裏工作まですべて話した。もしクリスに何か聞かれることがあったら、日本の女性は犠牲心が好きだと口裏を合わせてほしいと頼んだ。すると、小野寺はとたんに嫌悪感むきだしの表情を浮かべてくる。その小野寺の顔つきのせいで、とんでもなく情けないことを頼んでいるのだと、徐々にそのバカらしさを自覚しつつあった俺は、それでも引っこみがつかなくなって頭を下げた。

「瀬山君って卑怯だね」読み途中の本を開いたまま手放さず、早く会話を終えたい雰囲気をにじませている。「なんで、面と向かってバントやれって言えないの？」

「何度も言ったよ。でも、クリスは余計意固地になるんだ」

「そもそも、ムリにバントさせる意味があるの？」

「一人だけ特別扱いはできないだろ！」ある程度小野寺に反論されることは想定内だったけれど、ここまでとは考えていなかった。

「全部、クリスのためなんだよ」

「そんなこと言って、瀬山君は自分のことしか考えてないと思うよ」

正論だった。正論だけに、俺はますます返す言葉を失っていた。俺が口を開きかけると、小野寺が追い打ちをかけてくる。

「今度はチームのためって言いたいんでしょ？」図星？　というように俺の顔をのぞきこんでくる。「でも、私 One for all の精神ってヘドが出るくらい嫌いだから」

「それは俺もヘドが出る。大嫌いだよ」

「気が合うじゃん」

「クリスの件は、そういうのとは違うと思う。俺もそんなきれいごとは信じてないよ」

「そもそも私、高校野球自体が嫌いなの。負けて泣いちゃったり、土拾って帰ったり、バカじゃない、って思う」

「俺もテレビで見てて、マジでバカじゃないかと思う」メガネを押し上げる回数が極端に増えていることはわかっていた。でも、落ち着きのなさを抑えることができなくて、どうしても手が動いてしまう。

「ホントに気が合うね」小野寺は嫌味たらしく言った。「じゃあ、瀬山君はなんで野球なんかやってるの？　なんの意味があってやってるの？」

　なぜ俺に追及の矛先が向けられたのかまったくわからなかった。野球をやること自体が無意味なんじゃないか――つい最近、そう考えたことも思い出した。もうこうなったら、とことん小野寺を失望させてやろう、バカにされてやろうと開き直った。

「将来の就職のためだよ」俺はきっぱりと言い放った。「就職のとき、体育会系はウケがいい。とくにチームスポーツは。なかでも野球はやってる人口も多いから、面接なんかで話が盛り上がる確率が高い。好感度が高い」

　それは先輩も言っていたことだった。ただ、真偽のほどは誰もわからない。都市伝説みたいなものかもしれない。とにかく、今の俺は小野寺をがっかりさせることだけに心血を注いでいた。そうすれば冷淡で淡白な小野寺に向こうを張って復讐できるみたいに。本当に精神年齢が低いと、心の中で自分自身のあきれた声が響いてくるのを無視した。

「それは否定しないよ、そういう人もいていいと思う」ところが、あまりにあっけなく小野寺は認めたのだった。「それにやっぱり野球って武道みたいに心身を鍛えることもできると思うしね。人間的に成長できると思う。私はチームスポーツに向かないから、ちょっとうらやましいとも思えるんだよね」そう言って一転悲しそうな笑みを浮かべ、気弱な一面を垣間見せてくる。

「え？」今まで小野寺に対して過剰な臨戦態勢をとってきたのが、急に毒気を抜かれた。

「チームスポーツができる人って、やっぱりすごいと思うなぁ……」小野寺は手に持っていた本をようやく机の上に伏せて、深いため息をついた。

捕まえたと思ったら、突然その横をするりと抜けていく。俺が必死に背中を追いかけると、いつの間にか背後に回られて肩をとんとんと叩かれている。ほとんど遊ばれているような気がした。クリスは外国人だが、この小野寺という女は宇宙人だとすら思えた。今まで確実に遭遇した経験のない、厄介なタイプであることに違いはない。

「俺はクリスに余計な軋轢とか苦労をかけたくないんだよ」クリスの件はどうでもいいから、被害が拡大する前に早く話を収束させてどこかに消えたかった。「ただそれだけのことなんだよ」

「それってさ、寄ってたかってクリス君を日本式に染め上げようとしてるだけなんじゃない？」またしても厳しい顔で反論してくる。なんだか、その言葉にはいやに重みと説得力があった。「お互い成長していくには、そういう軋轢とか衝突を繰り返して、その都度譲ったり妥協したりして、乗りこえていくしかないんじゃない？　なんだか瀬山君は、その大事な人間同士の手続きを全部省略してるようにしか見えないんだけど。まあ、私が言える話じゃないんだけどね」

「おあいにく様、俺は平和主義の面倒臭がり屋だから」

精一杯の強がりと皮肉だったけれど、初めて小野寺が笑ったような気がした。笑うと意外とかわいい。シャープな顔つきが、一気に幼くなる。

あ、顔がゆるむと、ちょっと二重あご気味になるんだな、ふだんの無愛想が実にもったいないなぁと、この口論に近い状況で俺は小野寺に心を奪われかけていた。いかん、いかんと己をいましめる。

「瀬山君の気持ちはわかったよ」小野寺は笑顔を崩さずに言った。「でも、私はウソをつかないよ。私は他人のために犠牲になる人は嫌いだから。もしクリス君に聞かれたら、ほかの女子の好みについては知らないって答える。だって、ホントに知らないから。それでいい？　マイナスにはならないと思うけど」

こいつ面倒臭っ、と思わず口に出しそうになった。寸前でこらえて、にこやかにうなずいておく。

「わかった、それでいいと思う。ありがとう」精一杯の微笑を浮かべたつもりだったけれど、顔が引きつっている自覚はじゅうぶんにあった。

その引きつった表情のまま、立ち去ろうとすると小野寺に呼び止められた。振り返る。

「瀬山君ってもっと女々しくて情けない人かと思ってたら、意外と骨があるんだね。さすが野球部員」

この女はいったい何を言っているんだろう?

「私に言い返されると、すぐにしゅんとなって何も言えなくなる男子って多いんだけど、ここまで言い返してきてくれた日本人の男の子って初めてだよ」

「あっ、そう……」と、曖昧にあごを突き出しながらうなずいた。正直、どういうリアクションをとっていいのかさっぱりわからなかったのだ。

それからというもの、クリスは積極的にバント練習に取り組むようになった。今のところは、俺たちの二遊間同盟の効力が最大限に発揮されているらしい。「明日は雪が降る」とウワサしていた部員たちも、クリスが本気であることを知って何も言わなくなった。だんだんと心を許しはじめて、自分たちの仲間として受け入れだしているようだった。

ただ、クリスの極端な負けず嫌いだけはどうしても直らなかった。

野球ではプラスに作用することの多いその性格も、学校生活では支障をきたしがちだった。とくに、調和を重んじる日本の社会では。

購買部には「焼きそバーガー」という人気商品がある。チーズバーガーに焼きそばがはさまっていて、相性は抜群だ。限定五十個なので、昼休みになるとすぐに売り切れてしまう。

クリスはこれが大のお気に入りだった。昼休み前から「Yakisoburger!」と、発音の良い呼び名を連発している。

四時間目の終わりを告げるチャイムが鳴ると、廊下へ一目散に飛び出していく。一度、レジに並んでいる見ず知らずの三年生を押しのけてまで焼きそバーガーをゲットしようとして大問題に発展した。

「待てよ、コラ！」サッカー部三年生のその声は、周りにいた人の証言では、どうしようもなく震えていたらしい。それが怒りによるものなのか、恐怖によるものなのか、誰も知らない。

「何？」クリスが振り返って、上級生を見下ろす。

「いや……、なんでもねぇよ」

その場では何も言われなかったものの、あとで頭数をそろえて上級生から呼び出しがあるというウワサが立った。野球部の先輩たちがなんとか立ち回って、事をおさめてくれたものの、本来なら厄介なことになりかねなかった。

そして、スポーツに関することになると、それがたとえ遊びだとしても最大限に負けず嫌いがエスカレートしてしまう。

体育の授業が自習になって、みんなでバスケをしようという話になった。

もちろん、クリスはいっさい手を抜かない。抜くわけがない。児島にいいところを見せようと必死である。

一切パスも回さず、一人で突進していく。バスケ部でさえとめることができない。そのわりにシュートはあまりうまくないので、ゴール下ではずしては、自分でリバウンドをとり、またシュートをはずし、リバウンドをとる、を繰り返す。ボールが空中にあるかぎり、周りは誰もボールを奪えないから、それが延々とつづいていく。あげくは強引にダンクを狙って、ディフェンスにいた男子を吹き飛ばしてしまった。

「オフェンスファール！」バスケ部の安藤が、すかさず笛を吹く。

「Fuck!」

「退場～！」

数々の武勇伝のおかげで、ウワサだけが独り歩きして、校内を歩く一年生はクリスを見ただけで道をあけるようになっていた。

四月の下旬に入って、仮入部から本入部をはたした野球部の新一年生たちも最初はクリスに縮み上がっていた。ついこのあいだまで中学生だった連中からしたら、怪物に見えるのはしかたがない。

それでも、親しみやすいキャラと、真摯(しんし)に練習に取り組む姿勢のおかげで徐々に壁がとりはらわれてきた。ショート志望の一年生が「クリさん」と呼んで、弟子入りを志願するほどだった。クリスも守備の極意をまんざらでもない様子で弟子に伝授している。

チームの雰囲気は確実に上向いていた。

次の練習試合は、ほぼ同等の実力の都立高校が相手なので、チームがうまく機能すれば勝てるに違いない。できれば大差をつけて勝ちたい。

「バントのこと、お前が説得してくれたのか？」大佐古がそれとなく聞いてきた。

「ええ、まあ……」と、俺は曖昧にうなずいた。

「どうやって説得したのか教えてくれないか。俺もいちおう教育者の端くれだから、後学のために聞いときたいな」

「えぇーとですね、まあ、何と言いますか、バントは日本でもっとも尊敬されるプレーの一つなんだよっていうことをですね、まあ、ちょっと誇張しすぎた面もあるとは思うんですが、要するにそういう趣旨のことを言ったり、言わなかったり……」

「そっか、やっぱりキーワードはリスペクトなんだなぁ」と、大佐古は俺のしどろもどろの説明にもしきりに感心している様子だった。「男はリスペクトって言葉に弱いんだなぁ。ほら、今どきの若いヤツって、『超リスペクトっすよ！』とか言ってるもんな？　な？」

そんなことを言っている若者はいまだかつて見たことがなかったけれど、早く話を終わらせたかったのでうなずいておいた。

チームのために憤死できるサムライこそが尊敬されるなどと説明したことは、大佐古には言えるわけがなかった。しかも女性をダシに使ったなんて。

しかし、誰も損をしていないじゃないかと、すぐさま俺は開き直る。児島は連絡先を交換するだけでタダ飯が食えた。クリスは児島とお近づきになれて、しかもチームになじみつつある。みんなハッピーだ。すべてが丸くおさまった。

いやいや、違うと、俺はそこまで考えて、心の中で首を横に振る。

なぜか俺だけが痛い目に遭っているじゃないか。いったい何だったんだ、小野寺の俺に対する仕打ちは。思わぬところから核弾頭が飛んできた気分だった。

あのやりとりの直後は、小野寺のことなんてすぐ忘れてしまった。意識的に忘れようと心がけつつも、飯を食って風呂に入って寝たら、実際けろりと忘れてしまった。ところが次の日、朝練を終えて教室に入ると、「おはよう！」と、決して今まで俺に――というか男子になんか挨拶をしなかった小野寺が向こうから呼びかけてきたのだ。

その瞬間、思わず俺は後ろを振り返ってしまった。

しかし、背後には誰もいない。あきらかに小野寺の視線は俺に向けられている。

「おお、おはよう」俺はかろうじてさわやかな挨拶を返した――と、思う。実際のところ、視線は確実にそらしていた。

またしても理解の範疇(はんちゅう)を超えた事態に俺の頭はバーストしそうだった。向こうから挨拶をしてくるということは、俺のことを一人の男として認めてくれたのだろうか？とすると、周りの男子はことごとく猿みたいな位置づけになってくる。たしかに、猿に挨拶してもしかたがない。やっぱり精神年齢も成長が早い女の子――とくに小野寺にとって、この年代の男子なんて、まったく比喩ではなく猿なのだろう。

そう考えはじめると、小野寺のことが頭にこびりついてとれなくなった。「卑怯だね」と、侮蔑のこもった視線を送る小野寺を思い出してしゅんとする。「意外と骨があるんだね」そう言った小野寺の屈託のない笑顔で、気持ちが一転明るくなる。

　ところが、必ず最後には、「じゃあ、瀬山君はなんで野球なんかやってるの？」という小野寺の問いと、最高に情けない俺の答えがフラッシュバックで襲ってくる。俺はあまりの恥ずかしさに自分を殴りたくなってくる。「キャ――――！」と叫んで、校庭を隅から隅まで転げまわりたくなってくる。

　小野寺にちゃんと答えなければならない。誠心誠意答えなければならない。そんな答えなんか小野寺は期待していないのかもしれない。それ以前に、小野寺はそんな問いかけをしたこと自体忘れているかもしれない。結局のところ、小野寺の指摘通り、俺は俺のことしか考えていないのかもしれなかった。

　でも、俺はきちんと答えを出して、小野寺に伝えなければならないのだと思った。そうしなければ、この先ずっと小野寺の幻影に苦しめられることになる。

　そもそも、なぜ俺は野球をやっているのだろう？

　小野寺の言うように、チームスポーツによって、忍耐と協調性と集中力は鍛えられる。帰宅部の高校生では味わうことができないだろう、とんでもない挫折を経験することもあれば、この上ない達成感を感じることもある。この振れ幅でかなり人間として打たれ強くなっていると思う。

　でも、そうじゃないんだとも思う。それらは理由じゃなくて、野球という競技をつづけて得たオマケみたいなものだ。もっと根本的な理由がどこかにあるはずだった。

「おい、瀬山！　何ぼさっとしてんだ！　セカンッ、行くぞ！」大佐古が叫んではっと我に返る。と、思ったら、いきなりノックが飛んできた。

　二塁ベース寄りに強い打球が襲ってくる。バウンドが小さくなり、やがて地を這うような打球に変わっていく。腰を低くして、全速で追いかけていった。ほとんど土と同じ色になったボールが、赤い縫い目を回転させながらこちらに迫ってくる。間に合わないと思った俺は、頭から飛びこんでいった。グラブに球が入ると、すぐに立ち上がって一塁に投げる。ファーストの辻村先輩が捕球する。

　ファインプレーに見えるかもしれないけれど、実際はそうでもなかった。初動が早ければ余裕で回りこめた。そして、チームのみんなは目ざとくそれを見ている。

「飛びこむような球じゃねぇぞ！」「一歩目意識しようぜ！」「ヘイ、ヘイ！　ぼーっとしてんじゃねぇよ！　恋の病か！」チームメートから「意味のある」かけ声が飛んでくる。

「すいません！　もう一丁！」俺は大佐古に叫んだ。

る。

「試合に次はねぇんだよ！」と言いながらも、大佐古がふたたびノックを飛ばしてく

今度は高いバウンドだった。一瞬腰が浮き上がりかけるが、懸命にこらえて、そのまま臆せず前につっこんでいく。ショートバウンドで捕球し、踏ん張りをきかせて止まり、斜め後方のファーストに送球。

「ナイス判断！」「今のはアウトだぜ！」「最初からそれやってくれよ！」外野からも大きい声が飛んでくる。

「ファーストお願いしますっ！」一塁の辻村先輩がノックを呼びこむ。

大佐古の打った球は、一塁線上を強烈に切り裂いていく。辻村先輩は瞬間的に反応して、横っ飛びに食らいついていった。捕球したそのミットを、倒れこんだ姿勢のまま、手だけ伸ばして一塁ベースにタッチした。俺のは偽のダイビングキャッチだったが、これは正真正銘のファインプレーだった。

「ナイスプレーです！」「デブのくせによく反応したな！」「ファインプレー、ファインプレー！」威勢の良いかけ声でチームはわいていく。

意味なんてそんなものいらないじゃないかと、俺はこのとき思った。そんな大層なものなんて必要ないじゃないかと、俺も「ナイスキャッチ！」と叫びながら思ってい

た。こういう瞬間が、自分だけじゃなく、チームメートとも共有できるからだ。しかし、言葉にならないこのかけがえのない瞬間を他人に、たとえば小野寺に言葉でもって説明できるかと問われれば、絶対にできないと思う。

「次、ゲッツー！」大佐古の声が響いた。「サードから行くぞ！」

大佐古のノックが飛ぶ。サードの宮増先輩が捕球し、セカンドに投げてくる。俺は二塁ベースの前に出てボールをグラブにおさめ、ベースを踏んでいた右足をはずしてから踏ん張り、一塁に転送する。

次はショートだ。

クリスの真正面にゴロが転がってくる。しっかりと腰を落とし、左膝まで地面につけて確実に捕球してから、しゃがんだ姿勢のまま、セカンドにスローイング。右手をグラブに添えて捕球した俺は、そのままの流れでファーストにボールを送る。

次はセカンド。俺へのゴロ。クリスへトス。二塁ベースについたクリスが一塁へ転送。

何もかもがスムーズに運んでいた。チームのエラー数は目に見えて減っていた。大佐古なら、冬のあいだしっかり走ったから、下半身が安定してるんだ、などと言うのだろう。春のさわやかな日差しが照らしだすグラウンドで、俺たちはたしかに長い冬を乗りこえて躍動していた。

　帰宅後、親父と食卓を囲んでいると、クリスの話題になった。

「どうだ、クリス君は？　なじんできたか？」親父と二人きりの会話だった。妹は高校受験を控えて塾に遅くまで通っている。母親はいない。俺たちは週三回通ってくる家事代行のおばさんが作ったおふくろの味を食べる。

「まあね。最初はどうなることかと思ったけど」そう言って、コップのコーラを一気に飲み干す。俺は軽い気持ちでクリスをだまし、バントに対して前向きにさせた顚末を話した。小野寺のことには一言も触れなかったけれど。

「まったく罪悪感がないんだけど、これって人としていいのかな？」

「でも、お前がクリス君のために考え抜いてやったことなんだろ？」

「いや、ほとんど思いつき」

「あっ、そう」そう言って、今度は親父がコップのビールを一気飲みした。注ぎ足そうとするが、缶から出たのは一滴か二滴くらいだった。「そうやってうまく立ち回るとあとでボロが出かねないからな。気をつけろよ」と、肯定なのか、否定なのかよくわからないことを言い出す。

「ねえ、部活をやる意味って何なのかな？」勢いで聞いてしまった。ごまかすように、トンカツを頬張る。

「なんだ？　辞めたいのか？」親父は心配そうな顔を浮かべる。しまった、と後悔してもおそかった。

「いや、辞めたいとは思ってないんだけどさ」

「野球が好きだから、つづけてるんだろ？」

「うん……まあね」

親父の心配そうな表情と、「野球、好きなんだろ？」という言葉。

俺は野球を始めたころのことを思い出していた。

小学校一年生のときに両親が離婚した。母親が家を出ていった。

現在の俺は、母親の「不手際」と「落ち度」という言葉で、すべてのあやふやな記憶を処理している。ただ、俺も妹もその具体的内容をほとんど知らない。なんとなく、ほかの男の人の影を感じている。そして、もうすでにべつの家族と生活していることも。もしかしたら、その当時の父親の巧みな心理的誘導もあったのかもしれない。それはもはやわからないし、今さら聞けない。

離婚当初は何もかもが手探りだった。

慣れるまでは、祖母が親父の実家の千葉から出てきて、家事をしてくれた。三ヵ月ほどのあいだだ。おばあちゃんがいっしょに暮らしていた非日常感は、今でもなんとなく覚えている。

そのあいだ、親父が出張で一週間ほど留守にしたことがあった。両手に荷物を抱えて帰ってきた親父に、俺と妹はさっそく飛びついていった。

そのときの親父の第一声を、俺は一生忘れないだろうと思う。

「おいおい、俺はいなくなったりなんかしないんだぞ」そう言って、俺と妹の頭をなでた。

俺ははっとした。そこまで俺は深刻な顔をしていたんだろうか、と子どもながらにあやしんだ。そんなに必死なオーラを出していたんだろうかと、玄関の姿見で思わずたしかめてしまったほどだ。

なるべくなら自分のことで親父を心配させたくなかった。余計なところで引っかかってほしくなかった。なんの心配も気兼ねもなく、仕事に専念してほしかった。ところが、表情一つで簡単に親父は察知してしまう。

それからというもの、親父の前ではつねに笑顔で、明るく振る舞っていた子どものときの俺だった。四年生になったとき、「おい、恭一、少年野球やってみないか？」

と聞かれた。「お前、野球好きだろ?」

　たしかに、観るのは好きだった。よく巨人の試合をテレビで観ていた。でも、やるかと言われると、あまり気は進まない。泥だらけになりたくないし、根性とか気合いもあまり好きではなかった。けっこう冷めた子どもだったと思う。

「うん、好きだよ。やってみたい」だけど、思わず言ってしまった。親父が気をつかって勧めてくれたからだ。

　日ごろ、妹の面倒を見て、家事も手伝い、この子はやりたいことの一つもできていないんじゃないか——親父はおそらく不憫(ふびん)に思ったのだろう。その思いやりをむげに退けることができなかった。

　でも、実際に新品のグローブやユニフォームを買ってもらうと、しだいに気持ちも高まってきた。同年代の男の子たちにまじってプレーしていると、だんだんとこの競技にひかれていくのがわかった。先に入っていた女の子のほうが断然うまくて、絶対負けないぞと思った。でも、練習や試合が終わり、泥だらけのユニフォームを自分で洗うときだけは、さすがに寂しくなった。

　そこからはほとんど成り行きである。中学生になった。とくにやりたいこともなかったので野球部に入った。高校生になった。やっぱりやりたいことはないので、自然と野球部に入った。ヒマだったから、おそらく受験勉強だけじゃ身を持てあますから、ただそれだけのことである。

「それは単純な意味での〈意味〉ってことか？」親父が空中で箸を止めたまま聞いてくる。

「そう、意味とか意義とか」

「まあ、俺も大学時代は山岳部で山登りしてたけど、それこそよく考えたら意味ないだろって興味ない人なら思うだろうな。だからさ、人それぞれ、好き嫌いの問題なんだよな」そう言ってから何かを思い出した様子で「でも、俺も登りながら、なんでこんな意味のない、苦しいことやってるんだろうってしょっちゅう思ったことを今思い出した」

「でも、頂上に着いたらそれなりにスカッとするんでしょ？」

「まあ、そうだけどな」

俺にとっての頂上はいったい何だろうと思う。甲子園（こうしえん）に行くことだろうか？　だとしたら、俺がエベレストに登るようなものである。それはまったく誇張でもなんでもない。マンガやドラマの主人公みたいに、努力さえすれば甲子園に行けると素直に信じられるわけがない。

「自分のモチベーションが信じられないときは、外から見出すしかないんじゃないか？」親父が、ふだんは飲まない二本目のビールを冷蔵庫から取り出しながら、食卓のほうに振り返って言った。「たとえば、俺が仕事をする意味を見失いそうになったときは、恭一と直美のことを思い出す。二人を立派に育てるために、俺は働いてるんだって思うようにする。あと、感謝してくれたお客さんの存在かな」

その言葉を聞いて、真っ先に小野寺の存在を思い出してしまった俺は、懸命に頭の片隅のほうへと彼女を追いやろうとする。

たしかに最近、部活でつらい瞬間には、自然と小野寺のことを思い浮かべてしまう。そうすると、なぜか頑張ってしまえるのだが、そうやって頑張って汗を流したとしても、彼女は一つもよろこばないのだと思うと、とたんにげんなりしてしまう。

小野寺を真っ先に頭の中から掃き清めると、次に割りこんできたのは、子どものころから繰り返し思い出す光景だった。

少年野球の大会でのことだった。たぶん、六年生のときだったと思う。

どこだったかは忘れてしまったけれど、大きな都立公園の野球場で行われた試合だった。俺はそのころにはレギュラーだった。

プレーしていると、ふと金網の向こうから、食い入るように俺のことを見つめてくる視線に気がついた。

女性である。内野ではなく、外野の奥のほうの、暗い木陰のほうから試合を見つめているので顔はよく見えない。が、金網に手をかけて、熱心に観戦しているので、通りがかりの人とは思えなかった。

俺がヒットを打って一塁に到達すると、相手チームの外野が内野に返球するその向こうで、女性が拍手しているのが見えた。俺がゴロを処理して、「ツーアウト！」と外野の仲間に声をかけようと振り向くと、やっぱり拍手してよろこんでいるのが見えた。

親父はたまたま仕事で来られなかった日だった。そんなときにこの女性が現れて、遠巻きに俺のことを見つめている。

母親の顔はすでにおぼろげだった。写真はどこかにあるはずだけど、わざわざアルバムをとりだして見るということはなかった。写真を見ると、今まで我慢してきた何かが一気に崩壊しそうだったからだ。

金網に近寄って確認するということは、怖くて到底できそうになかった。試合が終わると、いつの間にか女性は消えていた。相手チームとホームベースをはさんで挨拶をするころには、その姿はどこにもなかった。

帰宅しても、親父に聞くことはなんとなくできなかった。もしそれが母親だったとしたら、試合の場所や時間など、親父が詳しいことを伝えたとしか考えられないのだが、そのときの親父は何食わぬ顔で、いつも通り試合の内容を聞いてきたきりだった。

つばの大きい帽子のせいで、顔の部分が陰になってぼやけていて、その人の顔を思い出すことはできなかった。それでも、白いブラウスが陽光に反射していたからか、その一瞬の印象だけは、向こうから迫ってくるみたいに光を放っていた。

その人にまた見てもらいたいがために、俺は野球をつづけているのかもしれないと思うときさえあった。無邪気な小学生だったころには、自分がプロ野球選手になれば、その人にまた会える、その人がまた球場に来てくれるんだと信じていた。

それ以来、それらしき人影を見たことはなかった。あるいは俺の願望があらぬ記憶を捏造（ねつぞう）したのかもしれない。

俺は心のどこかで、その女性がいつか試合を観に来てくれると、今でも信じているのだろうか？　高校生になってまで、それを信じて野球をつづけているのだろうか？

「ごちそうさま！」トンカツとご飯をムリヤリかきこんで、流し台に皿を運んだ。そのまま自分の部屋に引っこむ。

まだしも小野寺のことを考えたほうが、高校生としては健全なような気がしてきた。ベッドに寝転がって、あのときの小野寺の笑顔を思い浮かべてみる。妄想が膨らんでくると、教室の中でいきなり小野寺が笑ったまま制服を脱いできた。俺もそれに合わせて、ごそごそとズボンを下ろしてみる。今の俺にはガス抜きが切に必要だった。

すると、とたんに大佐古の顔が割りこんでくる。「おい、瀬山！　バッティング練習はオナニーじゃねぇぞ！」ノックバットを肩に担いで、にらみをきかせている。一気に萎えた。

4

都立玉堤高校との練習試合は、日曜日に多摩川の河川敷で行われた。

ゴールデンウィーク直前のさわやかな風が川のほうから吹きつけて、汗をかいたそばから乾かしてくれた。まだ角度の浅い陽の光が、川面を黄金色に照り輝かせている。猫の額ほどのグラウンドしかない俺たちからしたら、こんなに開放感のある環境で毎日練習できる玉堤高校がうらやましかった。

初回からチャンスがやってくる。

一番の渡田先輩がいきなり二塁打で出塁。二番の俺に打順が回ってくる。

大佐古監督のサインを確認する。ノーアウト・二塁。バントのサインが出る。

一球目。相手ピッチャーの球が高めにはずれて、俺はバットを引いた。

ボール。

一塁手がこちらに向かって猛ダッシュをかけてくるのが見えた。ものすごく太っているわりに、やたらと機敏なファーストだった。

この場面では、サード方向に転がすバントがベターだ。ファーストは前に出てくるし、何よりサード自身を前に出させて捕らせれば、当然三塁ベースに守備は誰もいなくなることになる。必然的に三塁に進む渡田先輩はセーフになる。

二球目。サインは変わらずバントだった。

はっきり言って、俺は緊張している。クリスにあれだけ犠牲の尊さを説いた手前、自分が失敗するわけにはいかなかった。そして、あまり誰にも言っていなかったけれど、俺は三塁方向へのバントが苦手だった。

うまく勢いを殺すことができれば一塁方向に転がしてもいいのだけれど、あの一塁手がベルトの上にたるんだ肉を揺さぶりながら、ものすごいフィールディングの良さを見せつけてくるような気がしてくる。実際、試合前のシートノックでは、ゲッツーでの二塁送球のとき、腹の脂肪をものともしない華麗なターンを見せていた。

それに、バントを殺しすぎてキャッチャーに捕られたら、ほぼ確実に三塁で刺されることを覚悟しなければならない。それだったら、思い切ってサードへ転がすべきだ。迷ったすえの中途半端がいちばんまずい。

ピッチャーがセットポジションに入る。その視界の向こうで、ランナーの渡田先輩が、じりじりとリードを広げていく。ショートが少しだけ二塁ベースに入るようなそぶりを見せるが、すぐ定位置に戻っていった。

その瞬間、ピッチャーが左膝を上げて投球モーションに入る。

やや低め、ど真ん中のストレートだった。この場面、百パーセントの確率でバントだと判断して、早くやらせてしまおうと考えたのかもしれないし、たまたまコントロールミスで真ん中にいってしまった可能性もある。

次のバッターにデカい黒人が控えているのも、当然相手チームはわかっているわけだ。下手な警戒をしてランナーをためるよりも、手早くワンナウトをもらって、あわよくば二塁ランナーを刺すことができれば万々歳だと考えている、ということもあるだろう。

ピッチャーの投じた球が、白い糸を引くようにして伸びてくる。その道筋に、バットを自然に据えるような感覚だ。当たる瞬間、ムリに引いてはならない。膝だけで衝撃を吸収するような印象で、あくまで自然に、優しく、球の勢いをそのまま利用するようにただ当てるだけ。

俺のバントはうまくサード方向に転がっていく。まずピッチャーがマウンドから降りて捕りにいくのが視界の片隅に見えた。が、俺はすぐに視線を切って一塁へと走り出す。「ファースト！」と、送球指示を出すキャッチャーの声が聞こえてきた。

とりあえず渡田先輩を三塁に送ることには成功したらしい。心の中で安堵しながらも、俺は全速で駆け抜けた。

「アウト！」審判の右手が上がった。ぎりぎりのタイミングだった。

俺はファールゾーンまで駆け抜け、ずれたメガネを押し上げながら、フィールドのほうを振り返ってみる。無事、渡田先輩は三塁まで到達している。

ベンチまで戻ると、ハイタッチで迎えられた。うまく〈犠牲〉になると、こうしてチームはわきたつ。これで、三番・クリス、四番・宮増先輩のどちらかで一点、という場面になった。お膳立てがそろった。

クリスがゆっくりとバッターボックスに向かっていく。一礼してから、白線で囲まれたボックスに足を踏み入れる。最近はサムライスピリッツと日本の礼儀に凝りだして、不自然なほど折り目正しくなっている。だけど、その礼にも妙な威圧感があって、相手チームのキャッチャーと、控え選手がやっている主審も、律義にお辞儀を返してしまっていた。

大佐古監督のサインが出る。腕や帽子、耳に触って、渡田先輩とクリスに作戦を伝える。ここでもしサインがあるとすればスクイズしかないが、さすがに初回からはないだろう。

〈打っていけ！〉サインを出し終わった大佐古が選手を鼓舞するように手を叩く。

クリスは大きくうなずいて、はずしていた左足をバッターボックスに入れた。例の豪快な構えだ。グリップをしならせてバットを高い位置でぐるぐる回転させている。

一球目、ピッチャーの球はアウトローに大きく外れていった。クリスは左足を大きく踏みこんでいったものの、バットは早い段階で止まった。ワンボール。

「逃げんな、ボケエ！」相手チームの監督が立ち上がって、怒鳴りだした。怖そうな監督だった。色の薄い、レンズの大きいサングラスがいかつく光っている。「向かっていかんかい、アホ！」その怒号は川向こうからの風にさらわれて消えていった。

ピッチャーがベンチに向かってうなずいた。一気に引き締まった顔つきになった。

この場合、打たれても監督の責任である。監督が「向かっていけ」と言ったのである、なら望み通り向かっていこうじゃないか——そんな顔だった。

こうなると、追いつめられたのは、クリスのほうだ。ビビらせるだけビビらせたあげくのフォアボールというのが、今のところクリスが出塁しうるいちばん可能性の高いパターンだった。

二球目。バッテリーは球を曲げてきた。

クリスがバットを繰りだしていく。

俺は思わずベンチで立ち上がっていた。

決して今までのような大振りではなかった。アッパースイング気味ではあったが、コンパクトに振り抜かれたバットは的確に球をとらえていった。

小気味の良い金属音が鳴りわたって、フライが上がる。その場にいる全員が行方を追って空を見上げた。夏の走りの、入道雲のできそこないみたいな雲に球がとけこんでいって、俺の視界からは一瞬ボールが消えたように見えた。

レフトが大きくバックしていく。いったん球を完全に見切って、全速で後ろにダッシュをかけていく。

ボールの行方とレフトの動きを交互に見くらべながら、思わず叫び声を上げていた。周りのみんなも声をかぎりに叫ぶ。

「抜けろ!」

レフトが走りながら顔だけ後ろを振り返り、打球の軌道を確認した。と、頭上を飛び越す瞬間、左手を思いきり伸ばして、ジャンプいちばん飛びついていった。

ベンチにいる全員が、身を乗り出して外野を見つめる。

ボールはしっかりとレフトのグラブにおさまっていた。落球はない。

ため息がもれる。ファインプレーだ。

もちろん、犠牲フライには、じゅうぶんすぎる距離だった。いくらかリードをとっていた渡田先輩は、レフトの捕球を見届けるといったん三塁ベースを踏みに戻り、すぐに反転して悠々とホームへ駆け抜けていった。返球が内野に到達するときには、すでに渡田先輩はベンチのハイタッチに迎えられていた。二塁まで走っていたクリスも帰ってきてその輪に加わる。

あのコンパクトな振りからして、クリスが犠牲フライを狙っていったことはあきらかだった。その延長で「あわよくば」というバッティングだった。みんながそれをわかっていた。クリスなら軽く当てるだけであそこまで飛んでいくのだから、「あわよくば」も、じゅうぶんにありえた。

決して自分がヒーローになりたがるのでない。もちろん、打てるのならヒットがベストだ。だけど、ヒットを狙って力が入りすぎ、何の成果も上がらないよりは犠牲フライを選ぶ。チームを生かすために犠牲フライを上げる。そんな精神が確実にクリスに浸透しているようだった。

俺はちょっとした感動をおぼえていた。これがクリスの成長じゃなくてなんだというのだろう。

「キョーイチ!」クリスが飛びついてくる。「やったヨ!」

「やったな! 俺とお前が犠牲になったから、渡田先輩が生還できたんだよ」

クリスがうなずく。

犠牲バントと犠牲フライで一点。俺たちがチームにできる最低限の貢献だった。

さらにツーアウト・ランナー無しから、四番・宮増先輩と五番・岡崎先輩の連打で二点目をあげて、初回の攻撃が終わった。

バッティングで乗ると、守備も乗ってくる。クリスがファインプレーを連発すると、チームの守りもそれに引っ張られるように堅くなっていった。

あきらかにクリスがチームの要(かなめ)になりつつあった。先ほどの犠牲フライでバッティングのコツをつかんだのか、チームに加わって初のタイムリーヒットも記録した。と思えば、次の打席には深い内野の守りの裏をつくセーフティーバントなど、終わってみれば五打席・四打数二安打三打点だった。攻守にわたっての大活躍だ。

八対一でリードの九回裏、相手チームがノーアウトで出塁したところで、大佐古はピッチャーを大野に交替させた。

まだ余裕のある点差だが、この先、切羽詰まった場面で登板する機会もあるかもしれない。それを見越しての起用だった。

「クリスには負けられない」そう豪語していた大野が、エラーや盗塁でランナーを三塁まで許したものの、無失点で切り抜け、ゲームセットとなった。

チームの誰もが、この雰囲気を保ったまま二ヵ月後の夏の大会まで突っ走りたいと願っただろう。間違いなくクリスが起爆剤となって、チームに良い刺激をもたらしていた。信頼できるプレーでチーム全体を引っ張ることができる選手に、クリスは変貌を遂げようとしていた。

気づいてみれば、クリスは練習中にガムを噛むことをやめていた。

ほかの部員たちは初日に大佐古に配られて以来、とっくにガムにあきていた。「やたら喉が渇く」とか「舌を噛む」とか、ただ単に「邪魔くせぇ」とだけ口々に感想を述べて、次の日には誰も食べなくなっていた。もしかしたら、それが大佐古の狙いだったのかもしれない。部室に張られたルールも、ガムの箇所だけは早々に消された。

クリスだけはしばらく噛んでいるようだったが、日本の生活に慣れ、授業中にも「ガムを噛むな！」と注意されまくり、やがて日本人が何に重きを置く生物なのかを理解するようになると、練習中にもガムを取り出すことはなくなっていた。

犠牲バントや犠牲フライだけでなく、そういった真摯な姿勢がチームメートに受け入れられていった最大の要因だった。

もしかしたら、俺が策を弄するまでもなく、多少時間はかかってもバントという作戦の意義を遅かれ早かれ理解し、実践できていたのかもしれない。とにかく、チームの士気はいまだかつてないほど上がっていた。

大佐古いわく、梅雨の時季が例年つまずきのもととなるそうだ。

雨が多くなり、なかなか外で練習ができなくなる。筋トレや素振り、ダッシュや走りこみなど、地味な活動が多くなる。練習試合も中止が多くなる。ストレスがたまってくる。その上、大会まで約一ヵ月という時期なので、焦りまでそこにくわわる。

もしかしたら、春は気候もさわやかで穏やかだから、勝手におめでたい気分になっているだけなのかもしれない。でも、今の盛り上がりは間違いなく本物だった。本物だと信じたかった。

ゴールデンウィークに合宿が行われた。

長野県の宿舎に寝泊まりし、朝から日暮れまでだだっ広いグラウンドを使えることになっている。夜は恒例の死の筋トレが待っている。それが四日間つづく。

「同じ釜の飯を食う」ということが、何よりクリスとチームにとってプラスに働くことを期待していた。たしかに、小野寺が言うように「ワン・フォー・オール」のいかにもウソ臭い友情の精神は嫌いだったけれど、こうした緩い連帯はチームにとって必要だと思えた。個をチームに縛りつけるのではなく、個が主体となってチームに相乗効果をもたらしていく。そんなチームまであと一歩のところだった。

到着すると、昼食を食べてからさっそく練習となった。

宿舎の裏の山を登った、中腹を切り開いたところに、唐突にグラウンドがある。山林に囲まれた、涼やかな場所だった。

ただ、急な坂道なので道具を運ぶ一年生は大変だ。グラウンドに着いた時点で、すでにアップが必要ないくらい汗だくになる。

一通りシートノックを行ってから、外野の守備や内野との連係に多くの時間を割いた。

都立等々力高校は住宅地のど真ん中にあり、グラウンドはライトだけが極端に狭くなっているので、満足な外野の守備練習ができない。この機会に、しっかりと内外野の連係を確認しておこうという意図があった。

大佐古が容赦（ようしゃ）なく外野のあいだを抜く当たりや、頭を越えていく大飛球ノックを打っていく。控えの一年生を一塁ランナーとバッターランナーにつけて、ノックが放たれると実戦通りに走ってもらう。

本来はホームに突入してくる一塁ランナーを刺さなければいけないのだが、なかなか連係がうまくいかずボールが内野を転々と転がってしまう。そのすきに、バッターランナーまでが三塁に到達してしまう。

「こういうときこそ、声出さんかい！」大佐古がノックバットを振りまわしながら叫ぶ。「キャッチャーは送球場所を明確に指示！　中継に入った内野は、しっかりボールを呼びこむ！　外野は振り向きざま投げなきゃいけないんだぞ！」

それでも目を見張るのは、クリスの肩だった。

鋭い打球が左中間を割っていく。センターの渡田先輩が追いついて、かなり近くまで中継に入っているクリスに送球する。クリスは「コッチ！」と大声で叫んで、両手を頭上で振りまわしているのでかなり目立つ。

渡田先輩からのボールを半身の姿勢で受けとったクリスは、ふつう捕球したらそのままワンステップで投げこむところを、視界に入ったランナーの進み具合でいけると判断したのか、さらにもうワンステップ余計にとってホームまで思いきり投げこんできた。

セカンドの俺も、マウンド付近でもう一枚の中継に入っている。とんでもないレーザービームが飛んでくるのと、一塁ランナーが三塁ベースを蹴った瞬間が俺の視界にも入ってきた。このまま中継のカットは不要だと判断した。キャッチャーの岡崎先輩も「スルー！」と叫ぶ。俺は送球を捕る姿勢のまま、グラブだけボールをスルーし、二塁をオーバーランしたバッターランナーを牽制する。

クリスの送球は、そのままワンバウンドしてキャッチャーに到達し、すべりこんできたランナーを余裕のタイミングで封殺した。

陳腐（ちんぷ）だけど「矢のよう」とか「レーザー」みたいな言い方がいちばんしっくりくる球筋だった。ボールが途中で失速し、お辞儀することなく、キャッチャーまで一直線で突き刺さってくる。この送球を見せつけられたら、そうそうホームには突入できなくなるだろう。

よく焼けた俺たちの肌とはまた種類の違う黒い肌が、汗のきらめきを陽光に鈍く反射させて、躍動していた。

初日の練習は無事終了した。

宿舎のおばあさんに「アメリカさん」と呼ばれ、気に入られたクリスは、やたらご飯のおかわりを勧められて、練習や筋トレ以上に死にそうになっていた。それを見て、俺たちは笑う。チームの要だけではなく、ムードメーカーにもなりつつあったクリス本人は、まったくそんなことなど意識していなかったのかもしれない。風呂でクリスのあそこを見ようとする部員と、隠そうとするクリスとの攻防戦が起こったり、初めての布団に興奮したクリスがきっかけになって枕投げが勃発し、部屋に飛びこんできた大佐古に正座させられたりと、余興には事欠かなかった。

「お前らまだこんな体力が残ってるなら、明日から地獄を見せてやんぞ」捨てゼリフを残して消えていった大佐古を見送ってから、俺とクリス、大野のあいだで思春期トークが始まった。それぞれの布団にもぐりこんで声をひそめる。

「クリス、児島とはどうなの？」俺はその後の進展をまったく聞いていなかったので、クリスに話を振った。

「え？　クリスって児島が好きなの？」大野が食いついてくる。「クリスと瀬山のクラスの人でしょ？」

「うん。ボクの持ってるCDを貸したりしてる」

「まあ、物の貸し借りは男女が近づくテクニックの基本中の基本だからな」と、俺は誰とも付き合ったことがないのに、えらそうな感想をはさむ。

「夏休みに会えなくなると思うとつらい……」ため息をつくクリス。

「遊びに誘えばいいんだよ」大野がけしかけると「ムリ、ムリ！」クリスが思いきり首を振る。

「あ、そういえば……」俺は大切なことを思い出した。「児島ってたしか吹奏楽部だったわ」

「え？　マジで？」大野だけが声を上げたが、クリスはその重要性にまだ気がついていないようだった。

「三年くらい前かららしいんだけど、吹奏楽部が応援に入ってくれるようになったんだよ。たしか去年も児島来てくれてたと思うよ」

「スイソー？」

「ラッパだよ、ラッパ。クリスも日本のプロ野球観たことあるだろ？」

「うん。あれ最初見たとき驚いた」

「もちろんあそこまで大がかりにはいかないけどさ。俺たちとしたら気持ちが盛り上がるし、吹奏楽部にとっては演奏できる機会が増えるからね」

「じゃあ、も、もしかして、児島サンが試合に来るの!?」クリスは興奮のあまり布団の上に立ち上がって叫んだ。ガッツポーズをしている。「Wow!」

「まあ、まだわからないよ、児島が来るかどうかは」俺は一応保険をかけておく。もし彼女が来なかったとして、クリスの落胆が試合どころではないくらいに深くなってしまったら、それこそ困りものだ。

「たしか、ウチの吹奏楽部って等々力高校で唯一、そこそこすごい部なんだよな?」大野が聞いた。

「そう。だから応援に来てくれるのは、あくまで吹奏楽部の有志だと思うよ」

「Hooo!!! Awesome!」クリスだけはまったく聞いていなかった。

「で、瀬山はどうなの? 好きな人いないの?」野球部の中で数少ない彼女持ちの大野が聞いてきた。

「まあ……いないかなぁ」とはいえ、俺の頭の中には小野寺の顔がはっきりと浮かんでいた。俺のほうこそ、まだまだ先のことだけど、夏休みで会えなくなるのはつらくなるような気がしている。まさかあいつが野球を観に来るわけがないだろうし、連絡先も知らないし、もし知っていたとしても誘えるわけがない。

すると横から「ウソだヨ！」という言葉が飛んできた。「そんなことないデショ」興奮からさめたクリスがツッコミを入れてくる。

「キョーイチ、ずっと小野寺さんのこと見てるデショ」

「おい！　なんのことだよ！」

「小野寺？　あの帰国子女？」大野が驚いた声を上げた。「お前さ、あんな生意気な女は嫌いだって言ってなかったっけ？」

「おお、そうだよ、嫌いだよ。あんな女は人間としてどうかと思うね」必死で冷静さをとりつくろう。

「じゃあ、なんであんなに見てるの？」クリスはあくまで無邪気に聞いてくる。「好きなんデショ？」

さて、どうしようか、と俺は考えた。こいつらに正直に告白すると、小野寺に負けたような気がしてくるのが不思議だった。下手なところから情報がもれて、小野寺の耳に入らないともかぎらない。最悪なのは、小野寺の思わせぶりな態度に俺だけが勝手に勘違いをしているというオチだった。確実に小野寺にあざ笑われる。

「違うよ」と、俺は本当になんでもないという振りをつづけながら話した。「クリスと小野寺が仲良くやれてるのかなって思って見てただけだよ」

「だよなぁ」と、大野はあっけなくだまされてくれた。「お前は絶対良妻賢母タイプが好きだろ?」などと勝手に決めつけてくるが、助かったことに変わりはなかった。クリスだけは釈然としない表情を浮かべていた。

そんなバカ話をつづけながら、やはり体力は確実に削られていたようで、就寝時間にはいつの間にか眠りに落ちていた。

翌日はバッティング練習も組みこまれることになった。レギュラー通りに打撃を回して、実戦と同じくアウトカウントをとり、ランナーも残す。守備も基本的にレギュラーでうめるが、バッターやランナーで足りないところは、控えの選手で補っていく。

都立等々力高校の先発ピッチャー、二年生の岡崎悟がマウンドに登る。サウスポーだ。

三年生のキャッチャー・岡崎キャプテンと兄弟バッテリーを組んでいる。弟が背番号1番、兄が2番を背負っている。仲たがいをしているところを見たことがなく、試合でも岡崎兄が出すサインに弟・悟が首を振ったことはほとんどなかった。

打順一番の渡田先輩がバッターボックスに入る。

初球、バッテリーはカーブから入ってきた。

悟は縦に大きく割れるカーブと、右バッターのインコース膝元に食いこんでくる、二種類のカーブを持ち球にしている。打たせてとるタイプのピッチャーだった。それだけに守備にかかる比重が大きくなってくるわけだ。だからこそ、ショートにクリスが加入したことは大きかった。

我々は悟のカーブが打ちにくいことを知っているから、ストレートに狙いを絞っていく。渡田先輩も初球を見送って、ボールとなった。審判はいないので、球の判定はキャッチャーの岡崎先輩にゆだねられている。

渡田先輩と、二番の俺がアウトになり、三番のクリスに打順が回ってきた。

クリスは大きいグラウンドに気を良くしたのか、またしても大振りで長打を狙っていく。完全にカーブに翻弄されているが、見守るチームメートたちも、カウントがツーアウトだし好きにやらせてやろうという雰囲気だった。

三球目。縦に曲がるカーブがクリスの膝元に落ちていく。

「ストライク！」岡崎先輩が容赦なく宣告する。「クリス、見逃し三振ね」

「低い！　ball だヨ！」クリスも言い返す。「三振じゃないヨ！」

「アホか！　どう見てもストライクだろ。さっさとショートの守備に戻れよ」

「one and two!」

「お前、図体デカいからストライクゾーンもデカいんだよ。だいたいクサい球なのはたしかなんだから、手出せよ。カットしろよ。見逃す時点で終わってんだよ」

「ダメ！　ball は ball デショ！」

「よおよお、だいたい俺のほうが先輩だぞ。敬語はしかたないとしても、なんだよ、その態度は、え？　焼きそバーガーの騒動のときだって、俺たちが解決してやったようなもんだぞ。お前、もう二度としませんって言ったよな、あっ？」

「それ、関係ない」

「ボケ、関係あるわ！　おい瀬山！」なぜか守備についている俺を呼ぶ。「ストライクだよな？　セカンドからなら見えただろ？」

いきなり聞かれて、答えにつまってしまった。ストライクと言えばストライクだし、審判によってはボールかもしれない。俺には自信を持って断言することができなかった。

「瀬山見てただろうが、あ？」プレッシャーのかけ方が半端じゃない。キャッチャーマスクを外して俺のほうをにらんでくる。

「まあ、ストライクっちゃストライクですし、ボールっちゃボールですし……。それより、悟の手ごたえはどうなんだよ」俺は逃げるように岡崎弟に聞いた。

「いや、俺はべつにボールでもいいよ」ピッチャーの悟はまるで人ごとみたいだった。「ノーカウントでもいいし」

不思議な兄弟だった。アニキのほうが、精神年齢が低かった。弟の悟のほうが大人だった。

ふつうピッチャーのほうが熱くなりやすく、傲慢(ごうまん)で、キャッチャーが冷静にそれをなだめるというのが一般的だけれど、この兄弟はまったく逆だった。

弟のほうは、人生そのものに冷めているかと思うほど物静かで冷静だった。ピッチングも、のらりくらりと相手の打ち気をうまくかわしていくタイプだ。

一方、兄のほうは熱血漢だった。熱血というよりも暴君型だった。おそらく弟は兄の暑苦しい背中を見て育ったのだろう。兄の粗暴な性格に翻弄(ほんろう)されながら育ってきたのだろう。だからこそ、高校生にしてここまで老成し、達観しているのかもしれない。

岡崎兄のほうも、チームを強引に牽引(けんいん)していく馬力だけは誰にも負けないだろうから、キャプテンというのも妥当と言えば妥当だった。

試合でもすぐにカッとなるのがアニキのほうで、弟の投げた球が理不尽なボールの判定を受けたときも、審判にキレたことがあった。弟思いと言えばそうだが、悟のほうは、今みたいに我関せずという立場で、マウンド上で涼しい顔をしている。そういうことも人生にはあるさ、と割り切っている。

　顔が似ているから、性格の違いが余計際立った。とくに切れ長の目がそっくりだった。見た目の違いと言えば、アニキは眉を極端に細く整えているが、弟は天然のままである。

「ほら、悟もそう言ってるんだし、どっちか決められないんならノーカウントでいいんじゃない？」次のバッターで控えていた宮増先輩も横から口を出してくる。

「うるせぇ！　筋肉は黙ってろ！」岡崎先輩が吠える。

「何をぅ！」

　宮増先輩のせいで余計に話がややこしくなってきた。みなが救いを求めるように、ベンチの大佐古に視線を向ける。

「俺はここからじゃ球筋は見えないから知らん。お前らで解決しろ」ところが大佐古は冷淡に突き放してくる。監督という以前に教師なのだった。

「ホントに小学生みたい」マユミもあきれている。

「翔君」と、名前で兄を呼ぶ悟も、当事者のはずなのにあきれはてている。「練習が滞るほうが問題だよ。ノーカンでいいってば」

「いや、話はそんなに簡単じゃない。じゃあ、逆に聞くけど公式戦の審判が、『あっ、ごめん、今のわからないからノーカウントね』って言って通用するか？　しないだろ。これは実戦練習だぞ。俺たちは、一球一球取り返しのつかないところで戦ってるんだぞ。小学生の遊びじゃあるまいし、そんな甘っちょろい意識でやってたら試合で負けるぞ。訓練で適当に流してる兵士が、本物の戦場で生き残れると思うか！」

「そうだヨ、取り返しつかないヨ。ボクは一球に全部をこめて戦ってる。練習からそういう意識でやらないとホントに負ける」と、敵対していたはずの二人が妙なところで共闘しはじめるので、たちが悪い。

「渡田先輩！　助けて！」後輩たちから悲鳴が上がると、副キャプテンの渡田先輩がセンターから駆けつけてきた。

岡崎キャプテンがムチなら、渡田副キャプテンはアメである。誰に対しても優しく、いつも穏やかだ。プレーも的確でミスが少ない。足が速い一番バッターである。

「まず二人に聞くけど、このままだと埒が明かないのはわかってるよな？」渡田先輩が聞くと二人は渋々ながらうなずいた。

「その上、後戻りができないとなると、ストライクかボールか決めなくちゃいけない。しかも、練習を長く止めてるせいで、みんなに多大な迷惑がかかってる。これもいいよな？」

うなずくクリスと岡崎先輩。

「審判によってストライクかもしれないし、ボールかもしれない。これはもはや運の領域だ」理詰めで説得していく渡田先輩。「手っ取り早く決めるとなるとコイントスだな。じゃんけんだと、またつまらないことで言い争いになりそうでこわいから」

大佐古から百円玉を借りた渡田先輩は、親指の上にコインをかまえる。

「裏！」と、岡崎先輩。

「オモテ！」と、クリス。

先輩のはじいた百円玉が舞い上がる。マウンドに集まったみんなが固唾（かたず）を飲んで、その行方を見守っていた。

たかがストライクかボールで、こんなことをしている野球部がほかにあるだろうか？　あるんだったら、ぜひとも教えてほしい。そんなことを考えていると、この光景がとんでもなく滑稽に見えてきた。

大佐古も言うように、東京都立等々力高校野球部は「自主自立」を掲げている。監督がいっさいを支配する管理野球ではなく、選手の人間性と個の主体性を尊重し、成長をうながすことを目指している。しかし、その「自主自立」にはとんでもない爆弾がしこまれていた。個と個が激しくぶつかりあった結果がこれだった。

今までは岡崎キャプテンが強烈な「個」で、ほかの部員がそれに従っていたから物騒なことにはならなかったけれど、クリスが入ってきて大衝突が起こってしまった。今まで悶着が起こらなかったのが不思議なくらいだ。

空中で回転し、落下していく百円玉。

それを眺めながら、もしかしたらこのコインがどちらを上にして落ちるかで、俺たちの未来がまるっきり変わってしまうかもしれないと思った。たしかに、ツーストライクの状況下、次の一球がストライクかボールのどちらに判定されるかで、試合の命運が一気に変わってしまうことは往々にしてある。今まで押せ押せで攻撃していたチームが、たった一球の判定で勢いを失い、逆に劣勢だったチームが息を吹き返す緊迫感は、野球の醍醐味でもある。

もしかしたら、その取り返しのつかなさと浮き沈みが人生に似ているからこそ、人は野球に魅せられるんだろうかと、おおげさなことも考えた。本当に九回を人生にたとえる人もいる。

渡田先輩の手の甲にコインが落ちてくる。もう片方の手で上からコインを包みこんだ先輩は、その手をゆっくりと開いた。

100と大きく刻まれた側が見えた瞬間、クリスがガッツポーズを決めた。

「Yes!」

「ちょっと待てよ、クリス」岡崎先輩がクリスの肩を叩いた。「こっちは裏だぞ。だから、お前は三振だ」

「何言ってるの、こっちは表デショ！」

「日本の硬貨は数字が書いてあるほうが裏なんだぞ。そんなことも知らなかったのか、あっ？」

「ヤバい、最初にどっちがどっちか明言しておくべきだった……」さすがの渡田先輩もげっそりしている。「もう一回、ちゃんと確認してやるぞ！」

「だから、人生は二度と取り返しがつかないって言ってんだろうが！　もう終わりだよ、これは裏だ、裏」

「オイ、オカザキ！　もし逆が出ても、裏って言い張るつもりだったダロ！」

「お……おい、テメェなんで呼び捨てにしてんだよ、コラ！」

「いい加減にしろ、テメェら！」ついに大佐古が立ち上がった。監督がブチ切れたことで、みんなが安心することはいまだかつてなかった。「お前らにまかせようと思ってりゃ、いい気になりやがって。クリスと岡崎は打撃練習からはずす！　山道ダッシュ五十本やるまで帰ってくんなよ！　邪魔だ、邪魔」

梅雨どころか、ゴールデンウィークまでもたなかった。この上なく素晴らしかったチームの雰囲気は、壊れてみるとあっけなく、かりそめのものだったことに気づかされる。

二人がダッシュを終えて、全体の練習に合流しても険悪なままだった。さすがに岡崎先輩は強くて厚かましいマインドを持っているので、守備練習でもミスはなかったが、精神が揺れて、すっかりいじけているクリスのほうはエラーを連発していた。そこを容赦なく岡崎先輩がつついていく。

「おい、クリス！　そんなイージーも捕れなかったらどうすんだよ、下手くそ！」

「Shut the fuck up!」クリスが岡崎先輩をにらむ。

「おい、何言ったか知らねぇけど、ファックだけはしっかり聞こえたぞ、コラ！」先輩がさらに挑発する。クリスがグローブを叩きつけて、いったいどこに帰るのか——とにかくどこかに帰ろうとすると、みんなが必死になって止める。

もともとチームの雰囲気に影響を及ぼしやすいムードメーカーだったから、この二人が不機嫌に黙りこむと全体もお葬式のようになってしまう。

夕食のときでさえ、険悪なムードに変わりはなく、俺の味覚は完全にマヒして、何も味を感じなかったくらいだ。食堂の長机の端と端にクリスと岡崎先輩が座ったのだが、そのあいだに挟まれて座っている部員たちが完全に萎縮（いしゅく）していた。

異変は夜の筋トレと素振りを終え、大部屋に戻ったときに発覚した。

「おい、クリスがいないぞ！」大野がいち早く気づいて声を上げた。

「トイレじゃないか？」「いや、いなかったですよ」「まさか……！」「荷物は？」みんな口々に叫ぶ。

「荷物もないぞ！」クリスのグレゴリーのリュックと等々力高校のセカンドバッグがあとかたもなく消えていた。あのデカい男が、どうやってほかの部員の目をかいくぐって脱出できたのか不可解だったけれど、それどころではない。

大佐古もあわてた様子で、宿舎のロビーでテレビを見ていたおばあさんに聞いた。

「すいません、黒人少年見ませんでした？」

「ああ、アメリカさんなら、アメリカに帰るって言って出ていきましたよ」おばあさんはテレビから目を離さずに平然と言った。「今から飛行機に乗るそうで」

失礼だが、このおばあさんでは埒が明かないので、おばあさんの息子とおぼしき、宿の主人に事情を説明して車を借りた。

おじさんいわく、バスもないこの時間、最寄りの駅まで行くのに歩いて一時間半はかかる。それに、最終電車も駅に到達するころにはとっくに過ぎてしまう。

「おい、瀬山も乗れ！　それから……」と言って、大佐古はキャプテンの岡崎先輩に目を向けかけたが、すぐに視線をはずして副キャプテンに声をかけた。「渡田も乗ってくれ。あと、マユミ、お前は連絡係で残れ。携帯いつでも出られるようにしとけよ」

捜索隊は出発した。俺は気が重かった。俺に課せられた役割はあきらかにクリス発見後のなぐさめ役だった。しかし、俺は落ちこんでいる人をなぐさめるのがもっとも苦手だった。まったく気持ちがこもっていない、同情していない、と言われることが多い。「きっと大丈夫だって」などと、無責任に言ってみるけれど、自分でもまったくそんなこと思っていないと知っている。だからといって、無言で抱きしめてやるとか、そんなクサいことなんてできるわけがない。

砂利を踏みしめる音を響かせながら、大佐古の運転する車が発進する。すぐに山道に出る。前後に車はほとんど走っていない。山道を下りきると、田んぼや畑が左右に広がっている。ときどき民家があるくらいで、ほとんど真っ暗に等しい。その中を、大佐古の運転する車が徐行のスピードで進んでいく。

二十分くらい走ったところだった。

「あっ！」大佐古が叫んで、ブレーキを踏みこんだ。

ヘッドライトの二つの筋が、やがて一本に収斂（しゅうれん）されていくその先に、白目と歯だけがぼんやりと浮かび上がっていた。それ以外は闇にとけこんでいた。一瞬、妖怪かと思ったが、目をこらすとまぎれもなくこちらを振り返ったクリスだった。

「クリス！」俺と渡田先輩が名前を呼んで駆けよった。そうとう歩いたのか、すでに汗だくになっている。

「さ、帰るぞ」運転席から降りた大佐古が、優しくクリスの肩を叩いて乗車をうながす。意外にもクリスは抵抗することなく、素直に後部座席に乗りこんでいった。

大佐古が運転席に戻る前に電話をかける。「おお、マユミか？　ああ、見つかった、見つかった。うん、今から帰る。宿のおじさんにも、よろしく伝えといてくれ、うん、あと部員たちにも……」

クリスと並んで後部座席に乗りこむ俺は、どう声をかけようかと思案していた。大佐古が電話を切る前に、考えをまとめなければならない。

ふと車の中のクリスを見てみる。パトカーで護送される犯人みたいにしおれきっていた。

安易なぐさめは禁物だ。

かと言って、何も声をかけないのはまずい。このあと、いやでもチームメートと同じ部屋で寝なければならないのだから、クリスが安心できる、気づかいの言葉をかけてやらなければならない。それに、何より無言の車内が気まずすぎる。

——ヤバい。何も気の利いたセリフを思いつかない。

「じゃあ行くぞ」電話を切った大佐古が声をかけた。大佐古からもあとあとフォローがあるのかもしれないが、今、この場面ではすべてが俺に託されている。そういう空気だった。たのむぞ瀬山、という声が、大佐古と渡田先輩の背中から聞こえてくるようだった。

となりに立つ渡田先輩に助けを求める視線を送る。少し目が合ったけれど、すぐに外された。そのまま渡田先輩は助手席に乗りこんだ。俺はしかたなく、クリスのとなりに座る。

車がある程度スピードに乗ると、すぐに気まずい雰囲気が車内を支配した。大佐古と渡田先輩は無言でじっと前方を見つめている。

俺はあたりさわりのないところからしゃべりはじめた。

「遠かっただろ？」

「うん」

「暗くてこわくなかった？」

「ううん」

「よく誰にも気づかれずに抜け出せたよな」

「うん」

「あのおばあさんにはバレてたけど、はは」

乾ききった俺の笑いが、車体が空を切る音にかき消されていく。クリスの頬はぴくりとも動かない。前の二人は助け船を出してくれる気配すらない。俺は覚悟を決めて話しだした。

「クリスが一球一球に真剣だってことはよくわかったよ」ゆっくり、クリスにさとすようにしゃべりかける。「最初は俺も二人の言い争いにあきれたけどさ、でもよく考えてみると、練習だからって一球入魂でやってなかったのは、こっちのほうだったかもって反省させられたよ。たしかに投げられた一球はもとに戻らないし、俺はそういう当たり前のことすら日々の練習で忘れてたと思う」

手ごたえを確認するように、となりのクリスを見てみる。車内は真っ暗で、クリスの表情は読めない。じっと車の進む先を見つめている。ただ、白目だけが浮かび上がって光を放っている。両手のこぶしはきつく握りしめられたままだ。反応はない。が、確実に手ごたえはある。問題は、クリスの自尊心なのだ。クリスか岡崎先輩、そのどちらか一方を悪者にすると、この場合もう一方も悪者になってしまう。むしろ、両者をたたえる方向にもっていけばいい。

クリスは両親の離婚を経験し、日本までやってきた。故郷に父親を残してきた気がかりや寂しさもあるかもしれない。それにたくさんの友人との別れもあっただろう。そして、慣れない国にやってきて悪戦苦闘している。それでいて、じゅうぶん明るく振る舞っている。それだけで立派なことなのだと思う。

「だからこそ、お前と同じくらいキャプテンも真剣なんだってことだよ。さっきはたまたま攻撃と守備にわかれてたからああなっちゃったけど、同じチームにそういう人がいるってわかって心強くないか？　俺はホントに心強いと思うよ。クリスと岡崎先輩がチームにいてくれて」

「ウソつき」クリスがつぶやくように言う。

俺は耳を疑った。「え？」思わずクリスのほうを見る。クリスは前を見つめたままだ。視線を合わせようとしない。

「ウソつき」

大佐古と、助手席の渡田先輩には、おそらく聞こえないほどの小さなつぶやきだった。俺の耳だけに確実に突き刺さって、後部座席のわずかに開いた窓ガラスの隙間からするりと抜けていってしまった。

何を指しての「ウソつき」なのか、まったくわからなかった。

俺は混乱していた。たった今俺が話した内容のことを言っているのだろうか。たしかに少しくらいは、方便を言った自覚もある。でも、それがクリスにバレているとは思えなかった。それとも……。

俺が「ウソつき」となじられる可能性があるのは児島との一件だけだ。

しかし、昨日は児島のことをうれしそうに話していたクリスだった。あれだけ嬉々としてしゃべっていたのに、そんなことは考えられなかった。

俺はそのまま無言になって、ただただほかの三人と同じく前方を見つめていた。クリスのほうを見ることができない。やがて道の勾配がきつくなり、漆黒に塗りこめられた山の木々が左右に濃くなってくると、白い宿舎が見えてきた。大佐古が口を開いた。ハンドルを握り、前を凝視したまま、真後ろのクリスに語りかける。

「クリス、とりあえずみんなに心配をかけたことだけはあやまろう。それはわかるよな？」クリスがうなずいたのを、大佐古はバックミラーで確認したようだ。「いっときの感情に身をまかせるのは簡単だよ。でも、野球ってスポーツはそれを抑えこまなきゃ自分にも勝てない。ま、野球にかぎった話じゃないけどな」

行きはクリス探索のために徐行だったので、帰りはあっという間に着いてしまう。玄関先にチームメートが並んでいた。

クリスが降りると、部員たちが駆けよる。

岡崎先輩が一歩前に踏み出る。みんなが緊張する気配が伝わってきた。

「アメリカから戻ってきたわりにはずいぶん早いんだな」岡崎先輩は、そう言ってクリスの肩を叩いた。

みんな青くなった。たしかに、皮肉というよりは、冗談っぽい口調に聞こえたけれど、クリスがジョークとしてとってくれない可能性のほうが大きかった。あるいは、その冗談は、不器用な岡崎先輩なりの精一杯の歩みよりだったのかもしれない。

「クリス、アメリカ土産（みやげ）ないの？」今度は宮増先輩が歩み出て、クリスの反対の肩を叩いて言った。こちらは最大限くだけた口調で。「山菜くらい採ってこれたでしょ。天ぷらにする？　おひたしにする？」

宮増先輩は自分で言って自分で笑った。そして、目線だけで「みんな笑え」という脅（おど）しを、とくに後輩に向かってかけてくる。まったく笑えなかったけれど、ほかの部員も同じく強引に笑った。

クリスもみんなの笑いに誘われて、こわばった表情が多少緩んだように見えた。

「みんなに心配かけて、ごめんなさい」頭を下げた。「あと、お土産もなくて、ごめんなさい」

5

何が「ウソつき」なのか、合宿のあいだもずっとわからないままだった。

俺が意を決して話しかけても、軽くあしらわれるか、ひどいときは無視される。それでもクリスは黙々と練習だけをこなしていく。まるで一つゴロをとって、一つアウトをとれば、それだけ東京に帰れる時間が少しでも近づくといった様子だった。

チーム全体も、不思議な緊張感を保ったままだった。馴れ合いの雰囲気よりは、たしかに独特の張りつめた空気のほうが、はたから見れば締まったチームに見えたかもしれない。

クリスと岡崎先輩は、なるべく互いに接点を持たないように、うまく避けあって練習しているようだった。巧みに言葉を交わさず、視線も合わさず、同じ内野に共存していた。しかし、見ているほうは気が気ではない。

　クリスのほうは、岡崎先輩に向けてあやまったわけではなかった。あくまで脱走したことに対して全員に謝罪しただけだ。もちろん岡崎先輩もあやまる気なんかさらさらない。膠着（こうちゃく）状態は最後までつづいた。

　合宿を通して、たしかに全体の技術や連係の精度はアップした。でも、ぎくしゃくとした雰囲気は内野を中心にチームへと波及していった。野球そのものに例えるなら、完全に連係が滞ってボールがうまく渡らない状態に近かった。それでも、俺もふくめたほかの部員は、なすすべがなかった。やり場のない不安が、チーム全体を覆いつつある。

　いちばんの救いは、帰りのバスはみんな疲れきって眠ることしかできなかったことだ。ピーピーという電子音で眠りから覚めると、バスが等々力高校の校門前でムリヤリの切り返しを試みているバックの音だった。

　バスの扉が開くと、みんなが示し合わせたように、座席の上でいっせいに背伸びをする。目覚めたとき特有のだるさを払拭（ふっしょく）するというよりは、意識を失ったまま一瞬で東京に着いた安堵感と解放感から伸びをしているように見えた。

　問題はこれからの練習だった。

ゴールデンウィークはあと二日。それが終われば、通常の練習がまた始まる。たしかに練習時間はぐっと縮まるし、一つの部屋に押しこめられて寝起きすることもない。でも、大会まであと二ヵ月を切った状態で、練習に集中できないぎくしゃくとした空気はなるべくなら解消させたい。いつもひやひやしながら練習するのは、精神にこたえる。

部室で合宿後のミーティングを終えると、大佐古が俺と岡崎先輩、渡田先輩を呼んだ。

「お前らどうするつもりなの？」と、まるで部外者のような物言いである。あくまで生徒が主体なのだ。たしかに、大佐古が出張ってクリスと岡崎先輩を上から調停しても、何の解決にもならないだろう。

「岡ちゃんが歩み寄るしかないだろ」と、渡田先輩。「絶対にこの雰囲気のままじゃヤバいって。それに俺たちの引退まであとちょっとで、最後に変なしこりを残したくないだろ」

「歩み寄るって何なんだよ、あっ？」と、岡崎先輩。「互いが互いの意見を主張しただけで、どっちが悪かったってこともない。みんなそう認めただろ？　なあ、瀬山」

なぜか俺にばかり同意を求めてくる。

「まあ……とりあえず様子を見てみるしかないですよね。時間が解決するっていう都合の良い言葉もあることですし」

「おい、俺が悪者みたいじゃねぇかよ！」ローキックをすねに決められる。キャッチャーで足腰が強いぶん、キックの威力は鋭く重い。こんな兄と朝から晩まで同居している悟が心底かわいそうだった。

しかし、実際のところ、我々が様子を見守る必要さえなかった。なぜならゴールデンウィークが終わってもクリスは学校に姿を現さなかったからだ。当然、部活も休みである。

三日が経過する。

ケータイに電話をかけても、電源が切られているのかつながらない。俺の頭には、クリスの「ウソつき」という冷淡な言葉がしつこくこびりついている。宙に浮いたまま、俺の脳内をさまよって、行き場を失っている。

「やっぱり風邪らしいんだけどなぁ」担任の大佐古も首をひねっている。「親御さんから連絡があることはあるんだけど。まあ、今までためこんでた緊張とかストレスが一気に出たって感じなんだろうな。ちょうど一ヵ月過ぎて、しんどくなるころだろうし」

そうして一週間がすぐに経過してしまう。

言いようのない不安が垂れこめていた。守りの要であるクリスがいないと、全体の守備も締まらないのだ。あのプレーの堅実さをすでに知ってしまっているので、それがなくなることを想像するのはおそろしかった。一人、岡崎先輩だけがいつも通りのハッスルプレーを見せていた。


「クリス君、どうしたの？」そう小野寺のほうから聞いてきたのは、クリスの欠席が二週目に突入したときだった。「もしかして、部活で何かあった？」

俺と小野寺は、朝に挨拶を交わすだけの仲にとどまっていた。朝練を終えると、いつも小野寺は早めに来ていて、自分の机で勉強や読書をしている。俺が教室に入ると、必ず顔を上げて挨拶してくる。かと言って、それ以上会話を交わすわけでもない。もどかしく、悶々とした日々がつづいていた。

だから、小野寺がいきなり話しかけてきたときはさすがに驚いた。

帰りのホームルームが終わり、一日の授業から解放された生徒たちの活気にあふれた声が廊下に響きわたる時間だった。今日はサッカー部がグラウンドを全面使用する日だったので、軽く学校の外周を走って、筋トレをして帰ろうと思っていたところだった。

「うん、実はそうなんだ……」廊下で呼びとめられた俺は、顔がほころびかけるのを必死で抑えながらうなずいた。クリスのことを心配する苦笑いへとうまく変換させる。「まあ、ちょっといろいろあってね」

そこで、俺は合宿での一件を話した。小野寺は真剣にうなずいている。廊下の窓から西日が差しこんで、小野寺の顔の片方だけを茜色に染めている。

「たかがストライクかボールかでこんなことになるなんて、小野寺からしたら、ホントにバカらしいって思うんだろうけど」

「たしかにバカらしいとは思うけど……」きっぱり認めたと思ったら、つづきがあった。「でも、クリス君は日本に来て、一歩も引けないところで野球をやってるんでしょ？　私にはそれを笑うことはできないけど」

「いくらなんでもおおげさじゃないかな」

「でもさ、いくらたとえ話とはいえ、サムライとか引きあいに出して野球に命を持ちこんだのは瀬山君でしょ？」小野寺はあきれた表情を浮かべる。「犠牲とか献身とかいい加減なこと言って、日本野球の尊さを説いたのは瀬山君でしょ？　その一球一球に、自分とチームの生きるか死ぬかがかかってるんだったら、いくら練習でも、醜態をさらすまでその一球にこだわりぬくのは当たり前なんじゃない？　ましてクリス君の場合、外国に来て必死にプレーして、戦ってるんだから」

たしかにアメリカでの生活を捨てた――両親の都合で捨てさせられたクリスは、精神的に瀬戸際のところで戦っているのかもしれない。

岡崎先輩も、一球に魂を込めるタイプには違いない。まさに二人は二人の信念でもって、一歩も抜きさしならないところで相対していたのだと、俺は小野寺の言葉で今さらながらに思い知らされたのだった。

二人ともガキだとチームの誰しもが感じたけれど、ガキだからこそあそこまで真剣になれるのだ。自分の生死と勝ちにこだわれるのだ。

「ウソつき」というクリスの言葉に今さらながら重みを感じた。児島に関するウソだけではなく、俺のころころ変わる口八丁に対する言葉だったような気がしてくる。結局俺は、俺の都合で態度を変えて、言うことも、信念さえも豹変させてクリスと向き合っていたのだった。――いや、そんな態度では、ちゃんと向き合っていたとは到底言えないんだろう。クリスの顔つきをうかがって、その喜怒哀楽を読んで、はじき出した答えに基づいて俺は彼への態度を決めていたように思う。

しかしそれはクリスに対してだけではなく、俺の基本的な対人姿勢で、誰にも良い顔をしたいし、良いように思われたいし、今さらそれを改めろと言われても、もうどうにもできない気がするのだった。

「今まで接してきた日本人の、曖昧であやふやな言動への不信が、ちょうど言いやすいところにいた瀬山君に対して表れたんだと思うけど。たぶんそんな不満がたまりにたまってたんじゃないかな」小野寺がなぐさめてくれるので、ちょっと泣きそうになってしまった。

今でもあの暗い車内をはっきりと思いだすことができる。クリスの堅く閉じられた厚い唇、その上下がかすかに開いて、クリスの感情がこぼれ落ちる。俺の耳に到達するころには、その言葉は開いていた窓から入ってきた虫の鳴く声と、車が空を切る音にかき消されてしまった。その実体をつかみきる前に、手のひらからこぼれ落ちてしまった。

「やっぱり、小野寺も日本に来たときそう感じたの？」もしかしたら、小野寺も俺の態度に嫌気がさしているのかもしれない。小野寺がよろこびそうなことを選んで発言しているのは、まぎれもなくこの俺なのだから。「小野寺もさ、もしかして日本人にイライラしたの？」

小野寺は笑った。ただ頬をゆるめてこう言っただけだった。「私も日本人なんですけど」

「あれ？　そうだったっけ？　忘れてたわ」冗談めいた口調で返しながらも、完全に答えをはぐらかされたと感じていた。いざ小野寺のふところに飛びこもうとすると、簡単にかわされてしまう気がする。

となりの三組のホームルームが終わって、俺たちの話し声をかき消すほどのはしゃいだ声が廊下に一気に充満した。その音量におされて、俺たちは黙りこむ。永遠に小野寺の核心に迫るチャンスを奪われたような気がしていた。部活や家路に急ぐ生徒たちが、廊下の隅に立った俺たちの前を次々と通り過ぎていく。

「クリス君の家に行ってみたらどうかな？」喧騒が遠ざかると、小野寺がようやく口を開いた。

「うん……、そろそろ行こうかなって思ってた」俺は上履きの汚れた爪先に視線を落としてつぶやいた。

「結局、まだまだ精神的には一人ぼっちだって感じてるんだと思うよ。それに関しては、やっぱり私にも責任があると思うんだけど」

「そんなことないって」かろうじて否定の言葉だけを口にした。「小野寺は悪くないよ」

「私もいっしょに行くよ」

「はい？」

「私もいっしょに行く。瀬山君、今日部活ないでしょ」

「なんで知ってんの？」

「私、放課後いつも教室に残って、勉強とかしてるから。ときどき、気分転換に窓からグラウンドを見てね、今日はサッカー部の曜日なんだな、とか、野球部と陸上部が兼用の日だとか、いつの間にか覚えちゃった」

「野球部うるさいでしょ？」あたりさわりのない返答を試みながら、俺は気が気ではなかった。

　小野寺に見られていた！　苦しいときに小野寺の顔を思い浮かべて乗りきっている俺を小野寺が見ていた！　まさか頭の中まで見透かされているわけではないけれど、小野寺ならそんな能力があっても不思議でないからこわい。

　そんなことを言い出したら、ときどき夜のベッドで試みる空想さえ、小野寺本人に透視されているような気までしてくる。とたんに目の前の小野寺に視線が合わせられなくなった。

　とりあえず俺たちは職員室に立ち寄って、大佐古にクリスの家への行き方を聞いた。

「おー、お前ら行ってくれるのか」とは言いつつも、君たちそんなに仲良かったっけ？　という不審の表情を浮かべている。

「たまたま廊下で会いまして、そんな話になりまして」と、俺はする必要もない弁解をあわててしてしまった。となりの小野寺が顔をしかめる。

「俺もそろそろ行こうかと思ってたんだけどな、こんなおっさんよりも、お前らが来てくれたほうがクリスも断然よろこぶだろ」大佐古はネットの地図を印刷してくれた。

クリスの家は、学校から歩いて二十分ほどだった。クリスはいつも自転車で登校している。俺たちは電車通学なので、地図を見ながらゆっくりと歩いていった。

「ねぇ、なんか買ってったほうがいいんじゃない？」小野寺に言われて、それもそうだと思った。「一応、風邪のお見舞いってことなんだし」

途中にあった商店街のスーパーで、店頭に並んでいた特売のメロンを、お金を出しあって買う。

等々力駅前の商店街は、夕方で人出が多かった。買い物中の主婦や、学校帰りの中高生のあいだを縫って、俺たちは住宅街へと抜けていく。はたから見たら、俺たちはどういう関係に見えるのだろうかと思った。

下校する友達同士か、もしかしたらカップルに見えるだろう。俺はそんな二人連れの自然さをよそおって、小野寺の歩調に合わせながら、となりを歩いていった。小野寺は背が高い。俺が横を向けば、ほぼ同じところに目線がある。

いったいどんなつもりで俺なんかと行く気になったんだろうと、小野寺に目をやりながら、ふと疑問に思った。

小野寺は、私にも責任があるかもしれないと言った。そういう気持ちを抱いているのは本当なのだろう。だからこそ、俺といっしょに来てくれたのだろう。あるいは、一人で行くよりも、こんな俺でもいたほうが心強いのかもしれない。

「クリス君って、野球うまいの?」小野寺が聞いてくる。

「うん、うまいよ、守備は」

「ふーん」興味があるのかどうかもわからないあやふやな返事だった。会話をつづけながらも、ほとんど上の空と言ってもいいくらい返答がぼやけていた。小野寺も小野寺なりに、クリスとの会見を前にして緊張しているのかもしれない。

等々力駅から多摩川方面へ歩いていって、ようやく「須永」という表札を見つけた。一般的な、青い屋根の二階建ての家屋だ。

一度小野寺と顔を見合わせてうなずいてから、俺がチャイムを押した。

「はーい」いくらか年配の女性の声がインターフォンから響いてきた。

「クリス君と同級生の瀬山という者ですが、ちょっとクリス君が心配になりまして伺いました」

「それはそれは……」返事がいきなり切れたと思ったら、同じ声の女性が扉を開けてお辞儀をした。「お手数かけまして。とりあえず、お上がりください」

「あの……、クリス君は？」

「実は、クリスが風邪というのは、本当ではないもので……」クリスの母親にしてはかなり年配のその女性は、言いにくそうに言葉を濁した。「今は多摩川沿いにランニングに行ってます。じきに帰ってくると思うんで、どうぞお上がりになって」

ほとんど強引に靴を脱ぐよううながされる。買ってきたメロンを差し出すと、風邪がウソということもあるのか、かなり恐縮した様子でお礼を述べてくる。

「私はクリスの祖母です」と、おばあさんは言った。と言ってもそれほど歳をとっているようには見えない。物腰も若々しい。

通されたのは、居間の食卓だった。

果物が描かれた静物画がいちばんに目についた。うまいけれど、プロのものではないだろう。家族の誰かの作品なのかもしれない。

「あ、それクリスの母親が描いたものです。まあ、けっこう前ですけど。アメリカに行く前の話だから」と、キッチンでお湯を沸かしているらしいおばあさんが、俺の視線に気づいてカウンター越しに言った。「クリスの母親は日本で仕事を見つけて、今働きに出てます。いつも遅いんで、もうしばらくは帰ってこないですけど」

「あの……、やっぱり学校が嫌になっちゃったんでしょうか、クリス君は」

「最初は本当に熱が出たの。でも、治っても行きたくないって言いだして」困った表情で苦笑いを浮かべる。「お二人に心配かけちゃって、ごめんなさいね。瀬山君と小野寺さんの話はクリスからたくさん聞いてますよ。とても親切な方たちだって」

そこで少し会話の間があく。正直、クリスが心の底で俺たちのことをどう思っているかなんてわからない。家族には心配をかけまいとして、俺たちのことを過剰に良く話している可能性もある。疑心暗鬼になっている俺はそんなことまで勘ぐってしまう。

正直なところ、俺はクリスが家にいなくて、少しほっとしている部分もあったのだ。クリスにこうして会いにきたのにもかかわらず。

「あの子は何かあるとすぐ走りに行くんです。最近は体力を持て余してるのか、ほぼ毎日。一時間くらい帰ってこないこともあるんですよ」

「やっぱり心に何か引っかかっているものがあるんでしょうか」

「合宿での一件は聞いてますよ。でも、そんなことで学校にも部活にも行かなくなるのは、クリスの甘えだと思いますけどね」口元をきつく結んで、厳しい表情を浮かべていると思ったら、メロンにナイフを入れる瞬間だったらしく、包丁とまな板がぶつかる硬い音が響いてきた。

「でも、野球部でのことだけじゃないような気がして」小野寺が言った。「クリス君は慣れない環境でよく頑張ってると思うんですけど。でも、その我慢が心配で」

「たしかにクリスは、いろいろアメリカに残してきたものもあるでしょう。慣れない環境に戸惑ってるというのもあるでしょう。でも、そんなこと言ったって、元の生活に都合良く戻れるわけじゃないんですよ。クリスはこの日本で逃げずに戦っていかなきゃいけないんだから」

クリスのおばあさんまで、「戦い」という言葉を持ち出してくる。そのものものしい響きが、ただならない気配を——まるでおばあさんまでクリスといっしょに戦っているような真剣さを伝えてきた。メロンを切るために力んだとはいえ、おばあさんの堅く結ばれた唇が、あのときのクリスの表情と少し似ていて、俺は正直戸惑っていた。

「これはクリス自身の戦いなんですよ」おばあさんは冷蔵庫にメロンをしまいながら、つぶやくように言う。「自分で乗り越えていかなきゃいけないんです」

小野寺も、そのおばあさんの鬼気迫る物言いに気圧(けお)されているようだった。たしかに、自分の娘が国際結婚をして、結局離婚し、子どもを連れて帰国するという苦難を経験しているのはわかる。孫が異国で苦しい思いをして心配なのもわかる。けれどそんな次元をはるかに超えて、おばあさんは厳しい表情を浮かべていた。いくらなんでも、そこまで思いつめることがあるだろうか？

台所のほうから、ふつふつとやかんが鳴る音が聞こえてきた。俺と小野寺は少し顔を見合わせた。この家にただならない雰囲気を感じていた。何かある――目が合った小野寺は言葉を交わさずとも同じことを考えていたらしい。

「あの……」と、俺が口を開いた瞬間だった。

「クリスの父親は兵士でした」おばあさんがテレビ台の上の写真を指さして言った。

唐突な話題に驚きながらも、俺と小野寺はそちらのほうへ目を向けた。

上下迷彩の軍服とヘルメットをつけた大柄の黒人男性と、小学生くらいのクリスが並んで映っている。二人とも満面の笑みだ。もちろん弾は抜かれているのだろうが、自動小銃をクリスが抱えている。小学生の体格には、かなり大きい銃だ。

「クリスの父親のクレイグは職業軍人でした」おばあさんはもう一度同じことを繰り返した。「でした」という過去形が俺には何か不吉なもののように聞こえた。離婚したからもう関知していないということもあるだろうし、クリスの父親が軍隊を辞めたということも考えられる。でも……と考えたとき、おばあさんの声がキッチンから響いてきた。

「亡くなったんです」

「え？」俺と小野寺は声をそろえて、おばあさんのほうを見た。

「三年前の二〇〇九年、イラク出征中に亡くなりました。車に仕掛けられていた爆弾が爆発して」ちょうどお湯が沸点に達して、やかんから盛んに湯気が立ちのぼり、台所に立っているおばあさんの顔を白く覆っていた。おばあさんの表情は、真っ白い靄（もや）に包まれてかすんでしまった。

「どういうことですか⁉」俺は思わず立ち上がっていた。「ご両親は離婚されたって……」

「ええ、大佐古先生や校長先生と話しあった結果、生徒さんたちにはそう説明しようということで話がつきました。ほかの生徒さんたちに余計なショックを与えないように。クリスが支障なく学校にとけこめるように」

「じゃあ、クリス君はお父さんを亡くしてるんですね」小野寺は冷静だった。俺の手を引いて座らせた。それでも小野寺の表情は、今まで見たことがないくらい悲しそうだった。まるで自分に、身内の死が起こったような。

「日本はあまりにも平和ですよね？」キッチンのカウンターの向こうで、おばあさんは急須（きゅうす）にお湯を注いでいる。うつむいているので、やはりその表情は見えない。香ばしい日本茶の香りが漂ってくる。「私の世代でさえ、戦争なんて話で聞く以外知りません。ましてや若い人たちには想像すらできないんじゃないですか？」

「イラクの戦争って……」そこまで言って、俺は世界の情勢について何も知らないことを痛感させられた。「そんな大ごとになってるんですか？」

「いや、もう米軍の撤退は去年で完了してます。でも、それまでに多くの方が亡くなりました。米軍だけで四千人以上の方が」

「全然知らなかったです……」新聞もニュースも、見るのはスポーツだけ。そんな自分が恥ずかしかった。

「私だって、クリスの父親が派遣されるって聞くまでは、まったく関心がなかったから」おばあさんは、ゆっくりと首を振った。「二〇〇三年に始まって、結局二〇〇四年には大量破壊兵器が見つからなかったことが判明して。そんな戦争、もうとっくに終結してると思ってましたよ」

「占領政策がうまくいかなかったんですか？」小野寺が聞く。

「イスラム教の派閥や反米テロ組織……、素人には到底わからないくらい複雑で、今でもテロがつづいてるくらいだから」

「なんで私たちには……」小野寺の目が赤くなっている。「教えてくれたんですか？」

「ここまでクリスを心配して来てくれたんですから。それに、遅かれ早かれ本当のことはお話ししなければならないときが来るんですし」

そう言って、俺たちの前に淹れたてのお茶をおく。湯気を出す緑色の液体が、なんだかとてつもなく見慣れないものに見えてきて、俺はそのかすかに揺れている表面にじっと視線を注いでいた。

「クリスの母親は、最初はアメリカに残るつもりだったんですけど、おとどしに体調を崩しましてね。もちろん、夫が職業軍人なんで覚悟はある程度できていたと思うんですけど、でもいざとなると腑抜けみたいになっちゃって」おばあさんは俺たちの向かいに座った。「それで、クリスを父親のほうの実家に預けて、母親はとりあえずこの家に帰ることになったんです」

「お母さんとも離れ離れだったんですか？」小野寺の言葉に、おばあさんはうなずいた。

「でも、やっぱりクリスも母親と暮らしたいということになって。それで、去年、ちょうどクリスの高校進学に合わせて日本に来る予定だったんですけど、ほら、こっちも地震や原発のせいで混乱しちゃって、去年の入学は見送りにせざるを得なくて」

戦争と震災で、クリスは両親と引き裂かれてしまった。クリスは一年越しで、ようやくお母さんと暮らすことができたのだ。

「クリスと暮らせて安心したのか、母親は今ではふつうに働けるくらい回復してます。でも、クリスは悩んでるんですよ。父親が命を賭けた祖国を捨てて日本に逃げこんできたんじゃないかって」

怒りがわいてきた。自分自身に。

父親を戦争で亡くしたクリスに、俺はいけしゃあしゃあと犠牲の尊さについて説いていた。とんでもなく浮薄な気持ちで、おそろしく軽々しく。

いくら知らなかったとはいえ、いくら野球の中だけの話とはいえ、最低だった。クリスはどんな気持ちでそれを聞いたのだろうか。

練習試合のとき、クリスが初めて犠牲フライを打ったあと、俺が調子に乗って言ったことを、いったいどんな思いで聞いたのだろう？　俺とクリスがチームのために犠牲になったから、渡田先輩が生還したんだ、まさに生きて還ってきたんだ、俺はそう言ってしまった。日本人は犠牲が好きで、よろこばれる——そんな軽々しい言葉でクリスを説得してしまった。

ショック、と表現するにはあまりに重たい異物が胸の奥に沈澱していった。

クリスは本当に追いつめられたところで一人戦っていた。異国の地で、懸命に、自分なりに、精一杯戦っているのだ。

俺も両親の離婚を経験しているから、同じく親が離婚したと聞かされたクリスの苦しみをわかったつもりになって、見当違いなことを言いつづけていた。やっぱり俺は自分のことしか考えていなかったのだ。いい気になって、クリスの悩みを自分のほうへ都合良く置き換えて、彼の核心に自分の力で歩み寄っていくことを怠っていた。

「ウソつき」というクリスの言葉が今になって俺の心に突き刺さってくる。クリスはどんな気持ちで、その言葉を吐いたのだろう。

「僕はクリス君に、最悪のことを言ってしまったかもしれないんです」俺はうなだれたまま言った。

「クリスの父親も、野球をやっていたんですよ」おばあさんが写真立てを眺めながら言う。意図的に話題を変えたようだった。「大学野球ではちょっと有名な選手だったらしいんです」

俺は相槌さえ打てずに聞いていた。

「けっこうな強打者だったらしくて、『男だったら一発デカいのを狙っていけ』っていうのがクレイグなりの、クリスへの教えだったみたいですね。あの子、バッティングが粗いでしょ？　技術が身につく前に、父親の精神ばっかり真似するものだから、あんないびつなバッティングになっちゃって。クレイグが亡くなったことで、余計意固地になっちゃったのかもしれないですね。でも瀬山君のおかげで、バントの大切さがわかって、感謝してるって言ってたこともありますよ。また新しい野球のおもしろさがわかったって」

「僕はどうしたらいいんでしょう？　あやまっても、あやまりきれないと思います」

やり場のない気持ちは、ますます強く根を張って大きく膨らんでいった。気休めならやめてくださいと、おばあさんに言いたかった。

「ほら、お茶でも飲んで。ちょっとは、落ち着くんじゃないかしら」俺たちの向かいに座ったおばあさんは、それでも優しく笑っている。「人間誰でも人を知らずに傷つけて、あとで後悔してっていう繰り返しなんだから」

「私も世界のことを勝手に知ったつもりでいて、まったく知らなくて、打ちのめされて、どうしたらいいかわからないんです。自分が恥ずかしいくらい。クリス君になんて言葉をかけていいのかわからない」小野寺は、湯呑みに両手をかけたまま、その温もりをたしかめているように、じっとうつむいたまま言った。

「あなたたちがどうすればいいかなんて、そんなの簡単ですよ」おばあさんは椅子から立ち上がってきっぱりと言った。「今からご飯の支度をするから、クリスといっしょに食べていってください。ただそれだけで、いいんですよ」

ランニングを終えて、汗だくで戻ってきたクリスは、俺たちを見ると、ちょっと驚いた表情を浮かべたものの、意外なことに屈託のない笑顔を見せてくれた。

「Hi!」クリスがタオルで首筋を拭きながら、もう片方の手を上げる。その笑顔は、多少の気まずさと照れ隠しがまざりあっているようだった。ぎこちない挨拶を返した俺たちも、きっとそんな表情だったに違いない。

「よく一時間も走れるもんね」おばあさんが感心した様子で言う。

俺も経験のあることだけど、一時間くらいかけて、苦しいのを通り越すまで走り終えると、つきものが落ちたような、すっきりした気分になることができる。あらゆる毛穴が開いて、汗といっしょに体中の毒素が出たような、そんな爽快感が全身を駆け巡る。

もしかしたら、クリスもそれを目的にただただ走っているのかもしれない。走ることに集中しているときだけは、そのまま風になったような感覚で、嫌なことも何もかも忘れることができる。それでいて、世界と戦っているこの身の輪郭(りんかく)だけはしっかりと意識できるのだった。

クリスの全身からは、そんな爽快感がただよっていた。

しかし、どの面(つら)を下げてクリスと接していいのか俺にはよくわからなかった。俺たちのあいだには、いまだにあの「ウソつき」という言葉が、解決されないまま横たわっていた。そのうえ、クリスの父親のことを知ってしまった。クリスの苦悩と境遇を知ってしまった。そのことを正直に告げるべきなのだろうか。

夕飯の支度をしているおばあさんを見てみる。おばあさんの口から、クリスに言ってくれるのだろうか。それとも、伝えるかどうかは俺たちにまかせようと思っているのだろうか。

「クリス、先に汗拭いて、着替えてきなさい。お二人といっしょに夕飯を食べましょう」おばあさんは、昨日作ったカレーを温めなおしていた。居間に香ばしい香りが充満していた。クリスの父、クレイグのことを話す気配はない。

「grandma」と、クリスが呼びかける。「明日から学校行くから」

「あらそう」と、おばあさんは、さも何気ないふうで答える。

「いつまでも、こうしてるわけにはいかないから」そう言って、クリスは自室に向かうのか、二階への階段を駆け上っていった。その背中は、端的な力強さに満ちていた。

「お二人が来てくれて、良かったみたい」おばあさんはうれしそうに言いながら、食卓にサラダと取り皿を並べていく。「結局は、私や母親が何言っても聞かないんだから。それよりも、やっぱり同年代の人がこうして足を運んでくれたほうが、何倍も効果的なんでしょうね」

　手伝います、と言って立ち上がった小野寺が、おばあさんに聞いた。「クリス君のお父さんのこと——私たちが知っちゃったこと、ちゃんと伝えたほうがいいんでしょうか？」

「成り行きよ、成り行き」おばあさんは笑って言う。そして、お客さんは座ってなさい、と小野寺を制した。「そんな話になったら、言えばいいし、そういう雰囲気じゃなかったら、べつに言わなくていいでしょう。とにかく、二人はお客様として、どんとかまえてればいいから。さぁ、座って、座って。そんな必要以上に構えることないんだから」

　そう言われると、もはや開き直るしかない。なるようにしかならない、と覚悟を決めた。はっきり言って、クリスにかける言葉なんか到底思い浮かばない。それでも、クリスのために何かしてあげられることはないだろうかと考えた。俺たちはそのために来たのだ。

　夕飯が食卓にそろうと、着替えたクリスが降りてきた。無言で俺と小野寺の向かい側に座る。

「いただきます！」居間に四人の声がそろった。

　さっそくカレーをすくって一口食べてみる。

　おいしかった。家で作るものよりも、口当たりが甘く、まろやかだった。今までの緊張が少しはとけるような気がした。

「どう？」おばあさんの問いかけに、俺と小野寺は「おいしいです」と答えた。

「ちょっと甘すぎない？」

「懐かしい味でおいしいですよ」

「実はクリスが、辛いのが苦手なんですよ」

「でも、あきたヨ。昨日の夜から四回連続 curry」

「それが日本式なんだよ」小野寺が笑って言う。

「そうそう。大量に作って、あきてもムリヤリ食べるんだよ」と、俺も笑った。

「でも、二日目は味が全然違うんだネ。すごく味がまろやかになってる」

「味の変化を楽しむのがカレーの醍醐味なんだよ」

「ダイゴミ？」

「the real pleasure」小野寺が英語で説明する。

しばらくカレーの話題がつづいた。

そしてふと沈黙がやってくる。あらがうことのできない沈黙が。

クリスが口を開く。「もしかして、しゃべった？」そう言って真横に座るおばあさんに目を向けた。

おばあさんは静かにうなずいた。「なんでわかったの？」

「そりゃ、わかるヨ」クリスはきっぱりと言った。「二人とも雰囲気が違うから」

「クリス。俺、クリスにあやまらなきゃならないことがあるんだ……」俺が言いかけると、クリスが制した。

「ボクは忘れたくないだけなんだ」クリスは首をゆっくりと横に振る。「dad を亡くした感情を。怒りもあるし、悲しみもある。でも、それだけじゃ言いきれない、nameless emotions」

俺も小野寺もうなずいただけだった。俺はまだ肉親の死を体験したことはない。ましてや戦争で失うなんて到底考えられない。ただうなずくことしかできなかった。

「たしかに、でも野球に集中するのは、野球をやってる瞬間は、dad のことも、嫌なことも忘れて没頭できるけど、でも野球に集中するのは、さっき言った nameless emotions を忘れさせない力でもあるような気がするんだ。だから、ボクは野球をやりたい。やらなきゃいけないんだ」

「クリス君が自分をふがいなく思うことはないよ」小野寺が口を開いた。「クリス君のせいじゃないんだから」

「まだ、ボクはわかってないんだ。本当に dad が死んだことに意味があるのか。本当にオトーサンが戦争に行って、死ななきゃいけなかったのか」

アクセントのあやしい「オトーサン」という言葉がむなしく響いた。

俺が見失っていたものよりも、はるかに重たい意味にうめつくされて、クリスはほとんど息ができない状態なのかもしれない。必死にあがいて水面まで上昇して、ようやく息を継いでいる状態なのかもしれない。

「しかも、dad が Iraq に行くまで、遠い国の遠い出来事くらいにしか考えてなかった。そんな自分にとてつもなく腹が立つ」

誰も何も答えられなかった。

人間なんて、とことん都合の良い生き物なのかもしれない。関係のない他人の犠牲なんて、まったくかえりみないような。

「私は……」小野寺はカレーの表面をスプーンでつついていた。「二〇〇一年のとき、New York に住んでたんだ。小学生になってすぐくらいのとき。なんだかとてつもなくこわかったことを覚えてるんだけど、それ以上に怒りがわいてきた。それをやった人に対してっていうよりも、なぜだか自分自身に。べつに身内が巻きこまれたわけでもないけど、なんでか知らないけど生きちゃってる自分に腹が立った」

「でも、結局同じことを Iraq の人たちにしちゃってるかもしれない。罪のない人を殺してるし、関係ない人をムリヤリ捕まえて、torture……苦しめてるって言われてる。もう考えれば考えるだけ、意味がわからなくなってくるんだ」

口をはさむ隙（すき）すらなかった。俺はあまりに平和な環境で育ってきた。それが自明のものだと、当たり前のものだと、疑問に思うこともなく。ヒマだったから、ほかにやることがないから野球をやってきた――それがあまりにのんきで、幸福な理由だったことをぶん殴られるほどの衝撃で思い知らされた。

「とにかく、いろんなことが重なって、整理がつかなかっただけなんだ。でももう大丈夫だから」クリスはそう言ってから、薄い膜が張ってしまったカレーをスプーンでかき混ぜて頬張った。「golden week blues って感じだった。日本に来て一ヵ月たって、すごく getting gloomy だった」

「ゴールデンウィークブルー？」

「あのね、クリス。それって日本だと五月病って言うの」小野寺が笑って言った。

「五月病⁉　そんな病気あるの？」

クリスがすっとんきょうな声を上げたので、みんなが笑った。

それが合図になったように、サラダをとったり、カレーを食べたり、ようやく温かい食事が再開された。おばあさんは何も言わず、静かに俺たちのやりとりを聞いている。

「お父さんの話を聞きたいな。どういう人だったか」小野寺がテレビ台の上の写真を見つめて言った。「もし、つらくなかったらでいいんだけど」

「うん、強くて優しくて、それこそサムライみたいな人だった」クリスも写真を見て答えた。「野球がうまくて、いつも catch ball してくれた」

「頼りがいがあるお父さんだったんだね」

「うん、結局野球ではかなわないままだったんだけど」悲しそうにつぶやいた。「そう、思い出した。すごく子どものころに聞いたことがあったんだ。聖書には、人を殺してはいけない、とか、隣人を愛しなさい、復讐はしちゃいけないって書いてある。なのに、戦争なんてしていいのかって。そしたら、少し迷ってから答えてくれた。俺は地獄におちるかもしれない。でも、Chrisやmomをそうさせないために、俺は戦ってるんだって」

返す言葉が見つからなかった。俺たちはだまって聞いていた。

「でも、dadが死んだのが、本当にボクやmomや世界のためになったのかと思うと気持ちがダメになってくる」

そんなことはない、というなぐさめは、それこそ「ウソつき」になってしまうだろう。俺たちにそんななぐさめを言える資格はないのだと思った。

きっとクリス自身が考え抜いて、答えを出すしかない問題なのだ。もしかしたら、一生かかってもわからないかもしれない。それでも、クリスは生涯父親のことを考えていくのだろう。

「でも、それと野球部のみんなとは関係ないから」クリスは俺を見て言った。「そこに自分の感情をぶつけるのは間違いだったと思う。キョーイチにも、みんなにもあやまりたい」

「いや、俺のほうこそクリスの気持ちも知らないで、すごく安易な発想で、安易なことを言っちゃったからあやまりたいんだ」

「私もあやまらなきゃいけないと思う」小野寺もうつむいていた顔を上げた。「全然、クリス君の本当の悩みを知ろうとしなかったと思う」

「はいはい、悲しい話はそこまで」おばあさんが明るい表情をとりつくろって手を叩いた。「頂いたメロンでも食べましょうか。せっかくだし」

俺ができることは、いったいなんだろうと考えた。

答えは一つしか見つからなかった。

明日から、クリスといっしょに懸命に野球をやっていくしかない。クリスの必死の思いに負けないように、遅れをとらないように、こちらもしがみついていくしかない。

「お持たせで申し訳ないですが」と言われて出されたメロンは、値段のわりには甘かった。

俺も小野寺もほっとしてメロンをすくって食べる。クリスの顔も今日いちばんでほころぶ。

「ボク、実は休んでるあいだも、等々力高校で朝練してたんだ」クリスが唐突に言った。

「え？」

「五時くらいに行って、みんなが来る前に帰ってた」

「五時!?　そもそも学校に入れないでしょ」

「ground の端の入れるところ知ってる？」

「あそこから入ってたの？」グラウンドの片隅には、くぐり戸みたいな小さい金網の扉があって、針金が二重に巻いてあるだけだから、外から入ろうと思えば簡単に入れてしまう。とはいえ、誰も学校に忍びこむ必要がないので、ほとんど放置されているのだが。

「一人で行ったって、あんまり何もできないでしょ」と、小野寺も驚いた様子で聞いた。

「まあ、走ったり、素振りしたり、ネットに向かって投げこんだりくらいしかできなかったけど、誰もいない学校ってすごく静かで集中できるネ」

「よし、じゃあ明日は俺も久しぶりに一番乗りで行こっかな」と、俺はやる気になって言った。「だからクリスも、さすがに五時はやりすぎだけど、早めに来てよ」

「キョーイチ、ホントに起きれるの？」

「起きられるよ、約束する」

「それで約束すっぽかされたら、またクリス君学校に来なくなっちゃうよ」小野寺は冗談というよりも、本気で心配しているようだった。

メロンを食べ終えて、俺たちはクリスの家を出た。クリスのお母さんによろしくお伝えくださいと頼んだ。

すっかり日が暮れていた。

街灯の灯った住宅街を、駅へ向かって歩いていく。

なんとなくほっとした部分もあり、でも若干のやりきれなさもぬぐいきれなかった。結局のところ俺たちには如何ともしがたい問題だけに、その感情はどこにもやり場がなかった。

「クリスが言ってたことなんだけどさ……」横を歩く小野寺に話しかけた。「子どものとき、クリスが聖書のことを聞いたって言ってたじゃん。あれって実際、アメリカ的にはどうなの？」

「アメリカ的にって？」

「裁判とかでさ、わざわざ聖書に手をおかせて宣誓させてるところを、テレビで見たことがあるんだけど、そんな国なのに、なんで人を殺すような行為を正当化できるのかなって思って」

「解釈の問題なんじゃないかな？」と、小野寺は言った。「聖書がいう『隣人』に異教徒が入らないいんだとしたら、べつに殺していいし、愛さなくていいし、復讐してもいいってことになるかもしれないわけだし」

「なんだか、俺には理解できない話だなぁ」

「結局さ、その時代の都合によって、意味とか大義って、ころころ変えられていっちゃうものなんじゃないのかなぁ。私たちがそれに気づかないだけで、今だって」

「ちょっとおおげさじゃないかな？」

「おおげさじゃないよ。クリス君の父親のことが私たちには隠されてたのだってそうでしょ？　クリス君の親御（おやご）さんと学校側だって、生徒たちに見せたくないものを、寄ってたかってふたをして、ぬりこめちゃおうって考えたんだからさ」小野寺はつづけた。「学校はさ、もっと世界のことを知れ、とか、臆せず世界に飛び出してくような国際的な人間になれとか理想的なこと言っておきながら、実際には本当に世界のヒドい部分は見せないし、教えようとしないし、そうやって考えると、そもそも学校なんて夢とか幻想しか見させないようなところなんだと思うよ」

「そんなにはっきり言われちゃったら、ホントにどうしたらいいかわからなくなるんですけど」本音だった。もうどちらを向いても敵だらけ——どこから襲われるかわからない、どこで爆弾が爆発するかわからない、おびえきった、疑心暗鬼の気持ちでいっぱいになっていた。

「瀬山君とクリス君には野球があるじゃん」

「えっ？」

「高校野球なんて究極の無意味だもん。野球をやれるときだけ無心になれるっていうクリス君の言葉もよくわかるな」

「高校野球ってそんなに意味ないかなぁ」

「まあプロに行く一部の人は、勝ち上がれば勝ち上がるだけステータスも上がるかもしれないけど、そのほかの九十九パーセントの人たちは、べつに勝っても賞金が出るわけでもないし、得することなんかそんなにないでしょ。でも、みんな何がなんでもやり抜こうとするし、一つでも勝とうとするわけでしょ。だからこそ、プロ野球以上に人を感動させることもできるんだと思うよ」

「まあ、そう言われればそうだけどさ」

「私たちはさ、そうやって必死になって無意味なことして抵抗していくしかないんじゃないかな。たとえ最後には負けちゃうんだとしてもね」

そんな会話を交わしながら、等々力駅に着いて、俺は二子玉川方面に、小野寺が大井町方面に別れていく。互いに手を振りながら。

俺の中の何かが、この日に決定的に変わってしまったような、だけど結局はそのまま変わらないような、泣きたいような変な感覚が、電車の中、いつまでも俺の心を覆っているのだった。

6

それこそ無意味の境地だった。

翌朝、俺とクリスは、約束通り、六時にキャッチボールをしていた。

制服のまま、寝ぼけたまま。

ただただ無言でボールをやりとりする。

ボールがそれると、「sorry!」とか、「nice catch!」と声をかけるけれど、それ以外は黙々と投げつづける。

グラウンドの周りの住宅街はまだ眠っている。通行人もほとんどいない。耳に入ってくるのは、雀のさえずりと、たまに通りかかる自動車の音くらいだった。その合間に、ボールがグラブの芯におさまる、気持ちの良い音が鳴り響く。

クリスが徐々に距離をとっていく。一球投げるごとに外野のほうへと少しずつ後退していく。俺の球筋はだんだんと山なりになっていくが、クリスのボールはほぼ一直線に俺のグラブへと突き刺さってくる。

これほど無生産で無目的で無意味なことはないだろうと思う。ただボールを投げるためだけにボールを投げていた。べつにキャッチボールがおもしろいというわけでもないし、こうやって投げあったからといって相手の心中が理解できるなんて都合の良いことでもない。できるかぎり正確に、力強く、相手の胸元に向かって投げこんでいくだけだ。

寝足りない頭は重たく、靄がかかったみたいにぼやけているのに、体だけは力強い輪郭に縁どられているような、そんな感覚だった。俺たちは言葉では言い表せないような、静かで奇妙なテンションに包まれていた。この腕、この手が繰り出す一球一球が、とりかえしのつかない一瞬一瞬を切り裂いてクリスのもとへと届いていく。

外野の一角にはまだ角度の浅い朝日が差しこんでいて、クリスがそこに足を踏み入れると、制服の長そでシャツをまくった腕が黒く輝いた。その腕が躍動すると、一瞬の白い糸を引いて伸びの良い球がやってくる。捕球すると、手のひらに心地良いしびれが響きわたる。

昨日小野寺が言っていたことがなんとなく理解できるような気がした。無意味な抵抗。無茶苦茶なステップを踏んで無心で踊るような、そんな抵抗。きっと大人になってしまったら鼻で笑ってしまうようなことでも、今は全力でやるしかなかった。

数十メートル離れたクリスとのあいだには、ほとんど断崖のようなへだたりが横たわっているのに等しい。結局のところ、互いのことを百パーセント理解することなんてできない。でも、互いに投げあうボールだけは、確実に向こう岸から届いてくる。俺もそれに全力で応えるだけだった。

クリスはどんどん離れていく。

八十メートルをこえると、俺の球は情けないことに途中で失速して地面に落下し、ツーバウンドくらいでようやくクリスのもとに届く。クリスの投球は、最高の角度と放物線を描いて俺のところに弓なりに落ちてくる。目一杯ステップをとって、腕のしなりに全体重をかけてはじき出されるボールは、どこにも触れることなく、空気だけを切り裂いてやってくる。たったそれだけのことなのに、今まで当たり前にやっていたキャッチボールが、なんだかとてつもなく途方もないことに思えてくるのだった。

「なんかおもしろそうなことやってんじゃん！」突然グラウンドに声が響いて、我に返った。

「俺も混ぜろよな！」

顔を見た瞬間、思わず逃げ出しそうになった。声の主は岡崎先輩だった。制服姿のまま、キャッチャーミットをたずさえてやってくる。

俺はすっかりこの人の存在を忘れていた。朝練はいつもいちばんに来る岡崎先輩。当然俺は、クリスと先輩の遭遇をどう処理するか考えておくべきだったのだ。

「悟はいっしょじゃないんですか？」俺はほんのわずかの期待をこめて聞いてみた。三人きりのシチュエーションよりは、まだ悟がいたほうが心強い。

「俺が家出るときも、寝てたよ」と、先輩は右のこぶしでミットをばしばし叩きながら答えた。「あいつは、マイペースのほうが力を発揮するタイプだからな。放っておくのがいちばんなんだよ」

校内は依然静かさを保っている。そんな朝の穏やかさからは程遠いほどの不穏な空気がグラウンドにわだかまっている。

「クリス、ちょっと来いよ！」岡崎先輩は外野に立っていたクリスを手招きした。今まで休んでいたことをとがめるわけでもなく、理由を聞くでもなく、ただ笑顔を浮かべている。

　不気味だった。クリスが近づいた瞬間に殴りでもしないだろうかと気が気ではなかった。先輩なら笑いながら殴りかねない。クリスも恐る恐るというように、小走りで先輩のもとに駆けつける。

「おい、クリス！　ちょっとピッチャーやってみろよ！」そう言って、勝手にホームベースの後ろに座って、クリスが来るのを待ちかまえている。

「え？　ボク？」

「お前、肩良いから、まあまあ良い球投げられるだろ。温まってんだろうから、全力で来いよ」

　その口調には有無を言わせないような迫力が感じられた。外野から小走りでやってきたクリスがそのままマウンドに立つ。適当に土をならして、投球モーションに入る。

　そこそこ速い球が、先輩のミットに吸いこまれていった。ど真ん中だ。小気味の良いミットの音が鳴って、校舎の壁に反響し、跳ね返ってくる。

「ナイスボール！」先輩がクリスに球を投げ返した。「まあホームランボールだけど」

「そんなことないヨ！」

「いや、俺ならホームランだな」

クリスがムキになって二球目を投じる。さらに速かった。伸びのある球が高めに浮いてミットにおさまる。

「なんか回転が甘いなぁ。速いけど軽いよ。クリスはやっぱピッチャーはダメかな」

「そんなことないって！」ちょっと怒りながらも、クリス自身楽しんでいる様子で、三球、四球と投げこんでいく。

二人ともいつの間にか、無心でボールをやりとりしているように見えた。クリスが渾身(こんしん)のストレートを投げると、岡崎先輩もそれをうれしそうに受ける。「おっ、今の良いね！」とか「もうちょい球威出るだろ」と声をかけながら、淡々とマウンドに球を返していく。

クリスのあごから汗が垂れ、マウンドの上に点々と染みができていった。朝の太陽が、内野の付近にまで足を伸ばそうとしている。

ああ、岡崎先輩はこれがやりたかったんだな、と思った。

さっきの俺とクリスのキャッチボールと同じだった。

言葉を交わすのが照れくさいのだろう。だったら手っ取り早くタイマンでボールをやりとりしたほうがいい。

ピッチャーとキャッチャーにわかれた二人は、本当に子どもみたいに見えた。ガキ同士だ。

でも、ガキだからこそ、こうして投げあうだけで、今まで厳然と二人のあいだにあった壁が、いとも簡単にとりはらわれてしまうのだった。

そのうち、時間もすぎて、二人、三人と朝練に部員が集まってくる。みんなこの世のものとは思えない光景を前にしたように、クリスと先輩のやりとりを呆気(あっけ)にとられて見つめていた。

俺たちも、汗だくになった制服を着替えた。

岡崎先輩が練習前にみんなを招集する。

「よし、今日からクリスの再出発だから円陣組むぞ！」結局、クリスが休んでいた理由については一言も触れなかった先輩。これがこの人のやり方なのだ。まったくもって、不器用なこの人なりの。

俺たちは輪になって、肩を組む。

「おい、マユミ！　こんな大事なときに何やってんだよ、お前も入れよ！」大野が部室の掃除をしていたマユミを呼び寄せる。マユミもうれしそうに輪に加わった。今日もピンクのジャージがまぶしい。

「みんなにはこの場で言っときたい。はっきり言ってこの部は、みんなばらばらだよ。かぎりなく仲が悪いと言っても言いすぎじゃないくらいだな」輪の中心で、岡崎先輩はいきなり水を差すようなことを言い出す。肩を組んで、低い姿勢で地面を見つめていた部員たちが不審に思って先輩のほうへ目線を上げる。そのタイミングを待っていたように、先輩はつづきを話しだした。

「でも、だからこそ、みんなが一つの理想にしばられることなく、それぞれの持ち前の信念で野球をやれてると俺は思ってる。だからさ、ムリヤリしばられてるチームなんかより、いざというとき、俺たちのほうが何倍も何十倍も強いはずだ」

不思議な感覚だった。たしかに俺たちは、あまり仲が良くはないし、たいした絆(きずな)も持ちあわせていない。野球にかける思いもばらばらだ。ベクトルもばらばらだ。でも、俺たちは同じチームなのだ。

「どうせやるからには勝ちたい。死ぬほど勝ちたい。予選まであと一ヵ月だ、死ぬ気でやるぞ!」

「おおぉ!」

俺は実際のところ、怖くてしかたがないのだ。小野寺の言うような、とんでもなく絶望的な社会への船出を目前に控えた俺は足がすくんでいるのだった。大人たちは、口々に希望のない世界になったと言う。これからの世代を担っていく子どもたちが、かわいそうだと言う。

そんなこと、大人になってみなければ、わからない。

だからこそ、今は俺ができることの唯一である野球を全力でやるしかなかった。震えているヒマなどなかった。震えているすきに、白球は俺の横をあっという間に通り過ぎていってしまうだろう。


六月十六日の土曜日に東京都予選の抽選会が行われた。

キャプテンの岡崎先輩が抽選会に参加しているあいだ、俺たちは学校で練習していた。大会が差し迫って、練習に集中しなければならない時期なのに、もちろんみんな気が気じゃなかった。はっきり言って、この抽選しだいで俺たちの運命のほとんどが決まってしまうかもしれないのだ。

いきなり甲子園常連校にぶちあたってしまえば、かなりの確率でそれまでだ。まあ、どんなにクジ運が良かったとしても、同じブロックには強豪校が必ずいるものだ。二回か三回勝てば遅かれ早かれ当たることにはなるのだけど、それでもなるべく長生きしたいと願うのは弱小校の悲しいサガだった。

「おい、岡ちゃん帰って来たぞ！」辻村先輩が叫んだ。

岡崎先輩は、制服姿でグラウンドに姿を現した。みんな練習そっちのけで駆けよっていく。

「おい！　どうだったんだよ」宮増先輩がキャプテンにつかみかからんばかりに聞いた。まるで親のかたきを問いただすような必死さだった。「早く言ってくれ！　俺は昨日から胃が痛くて死にそうなんだぞ！」

しかし、キャプテンは宮増先輩に揺すられながらも、ただただ無言で立っている。うつむいて地面を見つめている。

「おいおい、まさか、帝京(ていきょう)とか関東一高とか国士舘(こくしかん)とか、そんなバカなこと言いだすわけじゃないよな？」

「悪ぃ、そのまさかだよ」先輩がぼそりとつぶやく。いつになく自信のかけらもない姿だった。「俺のせいだよ。ごめんな」

「おい、待ってくれよ、岡崎ぃぃぃ！」宮増先輩は膝からくずおれた。「俺の一年は何だったんだよ、俺の一年間を返してくれよぉ！」こぶしでグラウンドを叩いている。

「相手は港北大渋谷だよ」岡崎先輩は、足元に転がっている宮増先輩を見て暗い表情から一転、笑いながら言った。

「は？」宮増先輩が目を上げる。

「初戦は港北大学付属渋谷高校に決まった」

みんなが「なぁんだ」という安堵の表情を浮かべた。

「強いとこなの？」クリスが俺に聞いてきた。

「まあ、強いっちゃ強いし、そこまででもないっちゃそこまででもないな。まあ高校野球なんて一年でレベルががらっと変わるわけだし」

強豪校ではないけれど、格上であることはたしかだった。いわば中堅クラスといったところだろうか。俺たちが一、二回戦レベルなら、港北大付属渋谷は三、四回戦レベルだ。相手のほうが一枚上手なわけだ。

だからといって、決して勝てない相手ではない。これまでの練習試合で、同じレベルの相手に勝ったこともあった。気持ちを引き締めていけば、今のチーム状況なら余裕をもって勝てるかもしれない。とはいえ、向こうも今ごろは相手が俺たちだと知って、ガッツポーズを決めているかもしれないわけだが。

一人で勝手に先走って、涙まで流して泣いていた宮増先輩が、ユニフォームの土を払いながらおごそかに立ち上がった。「よし、勝てるぞ！」

「お前に言われなくても勝つよ、ボケ」岡崎先輩が力強く言うと、みんなも笑いながら大きくうなずいた。

具体的な目標ができて、俺たちの練習にもいっそう気合いが入った。

東東京予選は学校数が多いためか、かなり変則的なトーナメントになっている。大部分の高校が実質上の二回戦からの登場で、ごく一部のついていない学校は一回戦から――つまりほかの学校より一つ多く勝たなければならない。

俺たちは、そのついていないほう――つまり一回戦から戦わなければならない。しかし、どの道、勝つところまで勝っていくと覚悟を決めている以上、どこと当たろうと、どこから試合が始まろうと関係はないのだ。

その日からは、なんとなく熱に浮かされたような雰囲気に引っ張られるまま、焦り(あせ)だけが振り積もっていく毎日だった。

もはや基礎的な実力を上げられる時期ではないのに、粘って練習すればするだけ勝ちに一歩でも近づけるような気がして、悪あがきをしてしまうのだった。それでケガをしてしまうと元も子もないのだが、幸いなことに一人の欠員を出すこともなく七月を迎えることができた。

試験期間に入ってからは、テストを終えてから練習し、練習が終わって帰宅すればまたテスト勉強という過酷な日々だった。岡崎・宮増先輩は、とうに勉強などしないという意志をかためているらしく、練習一本に意識を集中しているようだったが、それ以外の小心者たちはまさに汲々（きゅうきゅう）としていた。

それでもなんとか試験を無事に終えると、今度はあっという間に開会式だ。

東京都予選の開会式は、神宮（じんぐう）球場で行われる。

クリスは式のあいだ、ずっと「すごい！」を連発していた。

アメリカの高校野球は、せいぜい州の大会があるくらいで、しかもこんなカーニバルみたいな大々的な行事ではない。注目度なんか、ほとんどないに等しいらしい。だからこそ、日本一を決めるまでとことんトーナメントを行って、しかもそれがテレビでも放送され、たかだか地方大会でもしっかり新聞などで報道されるというのは信じられないことなのだ。そう言われてみると、ほとんど「高校野球」という一つの独立したスポーツのように思えてくる。

「amazing!」クリスが叫ぶ。

神宮球場のフィールドは、東・西東京の出場校、約二百七十チームの球児たちでいっぱいだ。内野のスタンドも、ベンチ入りできない強豪校の選手や関係者、家族でうめつくされている。

プラカードを持った岡崎キャプテンに従って行進していくと、もうそこはボウズ頭だらけの世界なのだった。汗をだらだら垂らした、ニキビ面の、やたら眉毛を細くした日焼け顔がどこを向いても視界に入ってくる。岡崎先輩の眉も、気合いの表れなのか、周りに負けないくらいの細さになっていた。

計算してみると、五千人ほどが入場してくるので、オリンピックの開会式ほどではないにせよ、途方もない時間待たされることになる。そして式が始まっても、結局何をやっているのか定かではない。いろんな人が前のほうで挨拶したけれど、周りに人が多すぎるのと、俺たちは外野にぎゅうぎゅうに並ばされているので、何をやっているかまったく見えないのだ。周りのチームはほとんどダレてきて、おしゃべりを始めている。なかでも、頭一つ分飛び出ているクリスに、話題は嫌でも集中しているようだった。完全に好奇の対象にされていた。

クリスのほうも、慣れたものだった。どこ吹く風で超然としている。たのもしいかぎりだったが、開会式が終わって、いつの間にか彼に目をつけたマスコミが囲み取材みたいなことをしだしたときには、さすがに本人も驚いたようだった。球場を出たところで、新聞社の記者らしき数人が、メモを片手にクリスに話を聞いている。

「あいつ、絶対調子に乗ってやがるぜ」宮増先輩がひがみたっぷりにつぶやく。「スター選手気どりだぞ」

本来はプロ野球志望の大会有力株や、優勝候補の主将が話を聞かれるものだ。だけど格好のネタになると思われたのか、クリスは一躍今大会の注目選手に祭り上げられてしまったようだ。

「なんて聞かれた?」ようやく解放されたクリスに聞いた。俺はちょっと心配していたのだ。日本に来た理由を話してしまったら、それこそ安易な美談めいた、いい加減な記事を書かれてしまうかもしれない。

「I can't speak Japanese みたいなノリで、英語で早口でしゃべったから、あんまり詳しいことは聞かれなかったヨ」

「おいおい、大丈夫かよ」こいつ案外思いきったことしやがる。

「ダイジョブ、ダイジョブ。何か日本語でしゃべれる言葉があるか聞かれたから『ガンバリマス!』って答えたら、すごくウケ良かった」

翌日の全国紙の東京面に「野球の本場から転校生　異国で奮闘」という記事が載ったときはさすがにヤバいと思った。《片言の日本語で「頑張ります」と力強く語っていた。》という文章の横には、満面の笑みでガッツポーズを決めている写真が小さく掲載されていて、それだけ見ればとんでもない強力選手がやってきたように見える。今ごろ港北大渋谷の連中がこの記事を見てビビっているなら言うことはないのだが。

7

七月八日、日曜日。

雲一つない快晴だった。このうえない野球日和だったが、直射日光が容赦なく照りつけて、朝でも体感温度は三十度に近かった。

いよいよ、という感覚だった。静かな興奮が体の内側からたぎっていた。

試合開始までこのテンションを保っていけるかかなり不安だった。大佐古も選手たちの表情からそれを察しているのだろう。アップやキャッチボールで飛ばしすぎないようにという指示が出た。

会場は大田スタジアム。九時のプレーボール予定だった。

大田スタジアムは、スタジアムというだけあって、高校野球のイメージとは少しだけへだたりがある。が、れっきとした東東京の試合会場の一つである。

人工芝なので、泥だらけ土まみれになることはあまりない。

それだけに、シートノックは重要だった。

ふだん使うグラウンドは土ばかりで、人工芝で試合を行うことはほとんどなかった。問題はゴロの転がり方だ。人工芝の場合、一般的にゴロの勢いが死なず、土と比べて球足が速い傾向にある。土の感覚でいくと、体の予想より早く球が到達することになる。

事前の打ち合わせでは、その点をじゅうぶんたしかめながらシートノックを行おうという話だった。

しかし、俺はそれをすっかり忘れていた。目の前のボールを処理するだけで、いっぱいいっぱいだった。

なぜか。

ものすごく緊張していたからだ。

キャプテンが「行くぞ！」と号令をかけてから、各選手は守備に散る。

「都立等々力高校、ノックを始めてください。時間は七分間です」アナウンスが場内に響く。

ノックの時間は厳密に決められていた。七分を過ぎたら強制終了である。

もちろん練習のノックではないので、大佐古監督は正面の簡単な当たりしか打たない。けれど俺は、その簡単なノックをしょっぱなからお手玉してしまった。ただでさえ足が震えそうだったのに、そこからはもう真っ白だった。人工芝の球足なんか確認する余裕もないままに、ただただ体が反応するままに動いていく。

みんながこちらのノックの動きを見つめている。相手チームも、観客も。

そして小野寺も。

最初にその姿をスタンドに発見したときは、それこそ緊張のしすぎで幻覚でも見ているのかと思った。嫌いとまで断言していた高校野球に、まさか小野寺が来るとは思ってもみなかったからだ。もちろん、試合を観に来てくれと呼んだ覚えなどない。

外野を使って、アップの準備体操をしているときだった。

「児島、来てるな」俺はとなりのクリスにささやいた。スタンドで準備を始めている吹奏楽部の中に児島はいた。

「うん」クリスは静かにうなずいた。「頑張るだけ」

キャプテンの号令に合わせながら、屈伸運動をする。クリスはどうやら、かなり良い精神状態にあるようだ。気負いすぎず、緊張しすぎることもなく、それでも静かな興奮を内側にうまく制御しているように見えた。

「小野寺サンも来てるネ」そのクリスがあり得ないことを言い出す。ジョークにしては、あまりに真面目な顔つきだった。

「おいおい、冗談はよせって」俺は笑ってとりあわなかった。「あいつが来るわけないだろ」

「冗談じゃないヨ。ほら、そこ」クリスは小さく指をさした。

その先の三塁側スタンドに目をこらす。

「うわっ！」思わずうめき声がもれてしまった。

いた。最前列に陣取っている。しかも俺の親父のものすごく近くに座ってやがる。べつに親父と小野寺は知り合いじゃないのだからどうということもないのだが、二人が近くにいるのはものすごく気持ちが悪い光景だった。

「おい！」岡崎先輩が準備運動の号令を中断して怒鳴った。「瀬山、どうした？　今ごろ忘れ物に気づいたか？」

「いや、何も忘れてないです！」俺はあわててあやまった。「すいません！」

一気に心臓が爆発した。ついさっきまでちょうど良いテンションと緊張を保っていたのに、すべてがかき乱されてしまった。これじゃあ、むしろマイナスだぞ！　平静にアキレス腱を伸ばすふりをしながら、俺の心は叫び声をあげていた。想定外のことが起きると、とんでもなくとりみだしてしまうたちなのだ。ストレッチでほぐしているつもりの体が、急にこわばっていく気がする。

「どういうことだよ」小声でクリスを問いただす。

「ボクが呼んだから。誘ったら、すごくうれしそうだったヨ」

「余計なことすんなよ！」

そこからはもう気が気じゃない。

シートノックでエラーをしでかし、完全なる思考のホワイトアウトが俺を襲った。内野のゲッツーも、何が何だかわからないうちに一塁にボールを投げたり、ゴロを処理したり、自分が自分でないようなあやふやな状態だった。自分以外の人物やボールが、勝手に俺の意識のふちを上滑り(うわすべ)していくような感覚だった。完全に浮足立っていた。

それを救ったのは、クリスの言葉ではなく、やはりそのたのもしいプレーだった。

シートノックの終盤、外野からのバックホーム。

センターの渡田先輩に向けて、大佐古は左中間方向へ強烈なヒット性のゴロを打ちこむ。

渡田先輩が、全速力で打球を追いかけ、外野の深いところで追いつき、振り向く。

中継に入ったクリスがボールを受けとり、ホームに向けてステップを踏みこむ。シートノックの段階でクリスの強肩を敵チームに見せつける、そしてクリスへの恐怖心を存分に植えこむ——それはミーティングの段階で、大佐古をまじえて事前に打ち合わせしていたことだった。

それには、超高校級の肩を見せつけるのがいちばんだ。シートノックは時間も極端にかぎられているし、難しい打球を打たないのがふつうだが、そこは俺たちの作戦だった。

「まず最初にぶちかますぞ」大佐古がミーティングで気合いを入れた。「渡田には悪いけど外野の深いところまで走ってもらう。クリスが追いかけて、一気にホームまでぶちぬけよ」

「オス！」クリスは空手風に気合いを入れて答えた。

シートノックは、如実にその学校の実力があらわれてしまうものだ。強豪校のノックは驚くほどよどみなく、スムーズだし、逆に弱いチームはリズムが悪い。ぶつぶつと途切れてしまう。

野生の動物同士が出会った瞬間みたいに、試合前の互いのシートノックで瞬時に相手と自チームとの実力差をおしはかってしまうのが高校球児のサガだった。この相手はくみしやすいと思われたら、初回から敵を乗せてしまう可能性があるし、反対に「ヤバい相手かも」と少しでも思わせたら精神的に優位に立つことができる。互いに未知の相手なのだから、何より試合が始まる前のインパクトが大事なのだ。

かなり深いところまで中継に入ったクリスが、いつものようにステップを一歩余計にとって、全体重をボールにかけるようにしてホームに投げこんでいく。

その球は、きれいな一直線で岡崎先輩のもとまで突き刺さっていった。見事なワンバウンドで先輩が捕球すると、会場からどよめきがおこった。港北大渋谷のベンチもざわついている。

これで敵チームの頭の中には、アメリカからやってきた超高校級の大型ショートというイメージが強烈に刻みつけられたことだろう。試合前の先制パンチは、思いのほかきいているようだった。

クリスの目の覚めるような送球を目の前で見せつけられた俺は、ぐずぐず、もやもやしている自分が心の底から恥ずかしくなった。誰が見ていてもいいじゃないか、これは俺の戦いなのだ——それにクリスの戦いの足を引っ張るわけにはいかないと、心の中で気合いを入れなおした。

ノックは外野のバックホームから、内野のバックホームにうつる。サード・宮増先輩、ショート・クリス、セカンド・俺、ファースト・辻村先輩の順番でよどみなくバックホームを終わらせた。最後に大佐古が打ち上げたキャッチャーフライを岡崎先輩が捕球し、俺たちのノックは終了する。

　一同、グラウンドに礼をしてベンチに引きあげた。

「よっしゃ！　行けるぞ！」ベンチに戻ると、誰からともなく手を叩いて叫んだ。そうでもしないと試合前の興奮をうまく整理できなかったのだ。

「はっきり言って、俺が監督を始めてから五年、このチームがいちばん強いと思う。自信持っていけよ！」大佐古も気合いが入っている様子でキャプテンの尻を叩いた。

「よっしゃ、整列だ！」岡崎先輩が、ベンチ前に選手たちを整列させる。「いいか、もう戦いは始まってるぞ。相手より早く並ぶぞ。遅れをとったヤツは殺すぞ」

　まったく意味のない争いだが、たしかに相手より遅いと負けた気がする。

　主審から号令がかかると、俺たちはベンチ前から猛ダッシュした。ホームベースまで、駆けつける。相手チームとほぼ同時だった。

　港北大渋谷と向かい合う。俺の正面に立った、背番号4番のセカンドと目が合う。にらまれる。俺は涼しい顔をよそおって目をそらした。

「これより、都立等々力高校と港北大学付属渋谷高校の試合を始めます。礼！」

「お願いします！」

我々は先攻だった。渡田先輩がバットをたずさえてバッターボックスの脇に向かう。俺もそのとなりで、相手ピッチャーが始めた投球練習を注視する。

「荒れてるな」渡田先輩が、俺にささやく。

投球練習の時点で、かなり球がばらけていた。とんでもないボールもあれば、良いコースに決まることもある。だいたい百二十キロ台の直球である。少し速さの劣る、打者の手元で曲がるスライダーと、九十キロ台くらいのカーブを投げこんでくる。

「そうっすね」俺もうなずいた。「狙い球絞っていきましょう。向こうのペースに翻弄されずに」

投球練習が終わると、キャッチャーが二塁にボールを投げる。受けとったショートがさらに内野間でボールを回して、準備が整う。

「一回の表、都立等々力高校の攻撃は……」初々しい女性の声のアナウンスがスタジアムに響いた。「一番・センター、渡田君」

「お願いしゃす！」渡田先輩が、バッターボックスに踏みこむ前、主審に一礼する。

この直後、主審から「プレー」のコールがかかって、いよいよゲームがスタートする。

三塁側の等々力高校スタンドから、ブラスバンドの応援が始まる。センチメンタル・バスの「Sunny Day Sunday」に乗せて、等々力高校のチームカラー、深緑色のメガホンが揺れる。「39度のとろけそうな日　炎天下の夢 Play ball! Play game!」先頭打者にぴったりの曲だった。ブラスバンドの金管楽器が太陽を反射して黄金色に輝く。児島がトロンボーンを吹いているのが、ネクストバッターズサークルから見えた。

百人ほどの有志の応援団――それぞれの部員たちの友人やクラスメートたちが、まさに炎天下、メガホンを片手に応援の声を届けてくれる。スタンドの人たちといっしょに戦っているような、背中を押されているような、そんな気持ちになってくる。

「かっ飛ばせ、渡田！」

渡田先輩は、ゆっくりと体の前で回転させてからバットを構えた。

俺たちの夏が始まる。

初球。

渡田先輩はセーフティーバントの構えを見せたものの、高めに浮いたストレートを、バットを引いて見送った。

ワンボール。

「OK、そのまま見極めてけよ！」ベンチから声がかかる。渡田先輩はちらりとこちらを見てうなずいた。

いざ始まってみると、重要な試合が行われているという自覚はあまりなくて、いつも通り練習試合をやっているだけのような、それでも審判がいたり観客がいたり、球場が立派だったりで、やはり日常からは程遠いような、そんな不思議な感覚が、ネクストバッターズサークルで控えている俺の静かな興奮をあおってくる。

二球、三球と変化球をまじえながらもボールがつづく。立ち上がりの緊張がぬぐいきれないのか、うまく球に指がかかっていないような、抑制のきいていないボールが、全体的に高めに浮いていく。相手チームの内野陣から、ピッチャーに声がかかる。ピッチャーもそれにうなずいてこたえる。

結局、ストレートのフォアボールで渡田先輩が一塁に歩く。ベンチが一気にわきあがった。

「二番・セカンド、瀬山君」アナウンスがかかると、「おい、恭一！　いつも通りだぞ！」親父が大声で叫んだ。

やめてくれ！　親父の存在がすぐ近くにいる小野寺にバレてしまうじゃないかと思

ったが、その思考を強制的にシャットアウトして意識を集中させる。スタンドに目を向けず、バッターボックスに入っていく。

一回、屈伸運動。一回、素振りをしてからボックスに入るのが俺の儀式だ。一気に集中力が高まる。すべての感覚がピッチャーに集中していく。

耳の奥、かすかに応援の曲が聞こえてくる。THE BLUE HEARTSの「終わらない歌」だ。自然とテンションが上がってくる。しかし、そのテンションに引っ張られすぎないよう、懸命に自分の心を冷静に保つ。ここは百パーセント、バントの場面だ。

右のバッターボックスから三塁ベンチを振り返る。

ベンチからグラウンドのほうへ身を乗り出した大佐古監督がサインを送る。

〈バント〉のサインに俺と塁上の渡田先輩がうなずいた。

ピッチャーはまず一塁に牽制球を投げる。大きくリードをとった渡田先輩が頭からベースに戻る。セーフ。

すでにかなりの汗をかいているピッチャーが、帽子をはずして額の汗をぬぐう。それもそのはずだ。容赦のない日差しが、選手たちを襲っている。センターの奥のほうが揺らめいて見えるほどだ。

第一球。

ピッチャーがモーションに入ると、ファーストとサードが猛然と前方にダッシュをかけてくる。球自体は、変化球が低めにはずれて、俺はバットを引いた。

ワンボール。

はっきり言ってこのピッチャーが嫌だった。サイドスローなので、背中から食いこんでくるように見える。そのわりにノーコンなので、球が適当にばらけてくる。たまに、思い出したようにストライクが入ってくるピッチャーが、いちばんバントしにくかった。

こういうときは、敵同士なのに、早くいっしょに目的を果たしてしまおうよ、という気持ちになってしまう。

むこうだってフォアボールを出すよりは、バントで一つアウトをとったほうが断然いいはずだ。もとよりこちらの目的はバントだけなんだから、早くやらせてくれたらいいのにと思う。

その願いが通じたのか、二球目はこれ以上ない甘い球だった。

「打ちてぇ！」その思いを懸命に打ち消して、バットに球を当てる。

勢いの死んだ球が一塁方向に転がっていく。ファーストがつかむと、二塁に投げるそぶりを見せたものの、すぐにあきらめ、一塁線上に立ちはだかり、走ってきた俺にタッチした。

「ナイス、バンッ！」ベンチに戻るとハイタッチで迎えられた。

決して犠牲バントは犠牲なんかじゃない――わきあがるベンチとスタンドを見て、俺はこのとき思い知ったのだった。

本当の犠牲だとしたら、よろこばれるわけがない。こうして、みんなが笑顔を浮かべられるはずがない。

俺はチームの犠牲になんかならない。絶対に生き残る。絶対に勝って、みんなでいっしょに等々力高校に帰るのだ。

「三番・ショート、須永君」アナウンスがスタジアムに響く。

マウンド上のピッチャーの顔つきが変わるのがわかった。

「クリス！　落ち着いてけよ！」ベンチやスタンドからいっせいに声がかかる。一打先制という大事な場面だった。

スタンドからエヴァンゲリオンの「残酷な天使のテーゼ」が演奏される。勇ましい曲調に乗せてメガホンが打ちあわされる。児島も見守りながら楽器を演奏していることだろう。

クリスは落ち着きを保っているようだった。ヘルメットを目深にかぶっていて、その眼差(まなざ)しはベンチからは見えない。厚い唇が真一文字に閉じられて、少し力んでいるようにも見えるが、二、三回肩を上下させて、かたまった筋肉をほぐしてから右のバッターボックスに入っていく。それからこちらを振り返って監督のサインを確認した。

大佐古のサインは〈ノーサイン〉だった。

自由に打たせる。ヒットなら高い確率で先制。しかも港北大渋谷にとって、クリスは試合終了まで完全なる脅威(きょうい)として認識されることになるだろう。

試合は一回表ですでに張りつめた空気をかもしだしていた。

ピッチャーが、ほとんどにらまんばかりに、キャッチャーのサインをのぞきこんで確認する。うなずく。そして、セットポジションに入る。

その背後で、二塁ランナーの渡田先輩がリードを広げていく。じりじりと。

この勝負の軍配がどちらに上がるかは、ひとえにクリスがどれだけ我慢できるかにかかっていると俺はにらんでいた。

まず間違いなく、ピッチャーはまともに攻めてはこないだろうと思う。もしかしたら歩かせてもいいくらいに考えているかもしれない。

一方のクリスは、インコースに——まるで自分の懐(ふところ)に呼びこむようにバットを高々と掲げて、グリップをぐるぐるとしならせている。打つ気満々といった感じだ。あきらかにバッテリーはその打ち気を利用してうまく回避する方向へともってくるだろう。

一球目。

「あっ！」思わず俺はベンチで声をもらしてしまった。

ピッチャーは渾身(こんしん)のストレートを投げこんできた。しかもインコース、クリスの体ギリギリに。

いや、ギリギリというよりも、完全にデッドボールのコースだった。

腰あたりの球を、うまく尻だけ引きながらかわすクリス。ピッチャーを鋭くにらむ。

ピッチャーも、捕手からの返球を受けとりながらにらみ返す。けっこう剛毅な投手に見えた。少なくとも、殺気だけならクリスに負けていない。

ともかくバッテリーにとっては、これで布石ができた。次はアウトコースだ。一球目の球筋が頭に刻みこまれて、深く踏みこんでは行けないだろうクリスに対して、ストライクからボールへ流れるカーブかスライダー。空振りを狙っていくだろうが、引っかけてゴロならなおベターなはずだ。

二球目。

予想通りだった。アウトコースに変化球だ。

ところが、クリスは思いきり踏みこんでいった。一球目の脅しをものともせずに。

そのわりにはスイング自体はごく軽いものだった。ミート中心で、クリスにしてはほとんど合わせにいくようなバッティング。真芯でとらえた小気味の良い金属音が鳴り響いて、白球は青い空に舞い上がっていった。

最初は誰もがライトフライだと思っただろう。

クリスのつなぎの精神だ。ランナー二塁、ライトフライでタッチアップ。犠牲フライでツーアウト・ランナー三塁の場面をつくりだす。たしかにクリスのスイングは、アウトコース高めのボールに逆らうことなく、その力を利用して軽く押し返すようにフライを上げたような印象だった。

ところが、ライトはどんどん下がっていく。

「おい……！」みんながベンチから乗り出して行方を見つめた。「おい、おい、おい、おい！」ライトがバックしていくたびに、「おい」の声が一段と高まっていった。

ライトがなおも下がっていく。高々と舞い上がった打球は完全に上空の風に乗っていた。

「マジかよ！」

ライトの選手が最終的にフェンスに張りつく。打球はそのまま頭上を越えて、無人のライトスタンドに突き刺さって消えていった。その瞬間スタジアム内は奇妙に静まりかえっていた。

直後、ためこんで一気に爆発したような、ものすごい歓声に包まれる。

クリスは一塁と二塁の中間あたりでスタンドインを確認し、速度を落として悠々と走りはじめた。ガッツポーズをかますわけでもなく、ホームランを打つのが当たり前というような、落ちついた風格をただよわせていた。途中、唖然としてライトスタンドを見つめていた渡田先輩を追い越しそうになっていた。

「おい、渡田！　走れ！　これは現実だぞ！」チームメートが叫ぶ。

渡田先輩が我に返ってダイヤモンドを走りだす。まだ何が起こったのかよく理解できていない表情だった。そのすぐ後ろをクリスがついていく。

「おい、みんな！　整列だ、きちんと整列しろ！」岡崎先輩が叫んだ。

ともすればサヨナラホームランのときみたいにホームベースまで走って駆けつけかねないほどのバカ騒ぎだった。まだ初回だ。みんなが興奮して飛び跳ねているところを、岡崎先輩が号令をかけてベンチ前に一列に並ばせる。プロみたいに整列して、ホームランバッターを出迎えにかかる。

ランナーの渡田先輩が、列の端からハイタッチを交わして通り抜けていく。俺は興奮して調子に乗りすぎ、思わず通り過ぎていく先輩のケツを思いきり叩いてしまった。もちろん渡田先輩も何が何だかわからない状態なので、気づくはずもない。

次にクリスが還ってくる。

クリスも、先輩に頭やケツを叩かれまくっていた。部員たちと順にハイタッチをしていく。俺とクリスは手を打ちあわせてから、がっちりと抱き合った。

なぜか列の最後に大佐古までまじっていて、にぎりしめた両こぶしを前に突き出すような格好で待ち構えている。クリスもそれに気づいて大佐古と両手のこぶしをぴたりと合わせた。

「よっしゃ！　もう勝っただろ！」「高校野球の生ホームランなんて初めて見たぞ！」「クリス、ヤべぇ！」みんなまだ信じられないというように、口々に叫んでいた。

一方のクリスは、ごく冷静にペットボトルのスポーツドリンクを飲んでいる。

「なんでお前がいちばん冷静なんだよ？」俺はクリスに帽子とグラブを手渡しながら聞いた。

「自分でもまだ何が起こったか信じられない」端的で正確な答えだった。よく見ると、ペットボトルを持つ手が小刻みに震えているので、なるほどと思った。ベンチ内の喧騒のあいだに、宮増先輩の打席がいつの間にか始まっている。カウントの表示を見ると、すでにツーストライクになっていた。

「あいつ……」大佐古が苦々しくつぶやく。「あいつ、ふざけんなよ」

宮増先輩は完全に狙っていた。

まだワンナウトなのだ。立ち直りきれないピッチャーを早い回でつかまえて再起不能にするチャンスがまだ残されている。一気呵成に攻めこんでいかなければならない場面なのだ。

ところが宮増先輩は一気呵成の意味を完全にとりちがえていた。目の前でクリスのホームランを見せつけられた宮増先輩は、あきらかに二匹目のどじょうを狙っていた。

「ふざけんな、ミヤ！」温厚な渡田先輩がキレていた。「ホームランなんか打てるわけねぇだろ！」

その声もむなしく響き、宮増先輩は三振。

「ホントにバカなんですけど」二年生マネージャー・マユミが、ベンチにすごすごと帰ってきた宮増先輩に、冷淡に吐き捨てた。

ついでバッターボックスに入った岡崎先輩も、渡田先輩の忠告がまるで届いていなかったのか、完全なる大振りで三球三振に終わった。

「テメェら、ちょっと来い！」攻守交替のあいだに、大佐古が両先輩を呼んだ。「お前らは今までバカだ、バカだと思ってたけど、正真正銘のバカだな」

「いや……、三者連続ホームランいけると思ったんで」宮増先輩がつぶやく。「マジで高校野球史に名前刻めると思ったんで」

大佐古は豪快なため息をついた。

「公式戦じゃなかったら、ソッコー替えてるぞ、マジで」大佐古はあきらめた様子で二人を追い払った。「今度あんな大振りしたら、次の試合、レギュラーから外すぞ」

一回裏。港北大渋谷高校の攻撃。

等々力高校の先発ピッチャーはもちろん岡崎悟だ。

ほとんど緊張とは程遠いような、ひょうひょうとした表情でマウンドに上がる。兄が防具をつけているあいだ、一年生の控えキャッチャーが投球練習の相手をする。

背番号1番を掲げたその背中はたのもしかった。クリスのホームランに浮わついている様子もなく、涼しい顔で投げこんでいく。

おそらく本人はまだ〇対〇くらいの気持ちでマウンドにのぼっているのだろう。悟からは慢心という言葉がまったくもって感じられなかった。

「一回の裏、港北大学付属渋谷高校の攻撃は、一番・ライト、野原君」

相手の応援は、さすがに強い私立校だけあって盛大だった。ベンチ入りできない選手を中心に、きちんと統制のとれた声援を送ってくる。

「よっしゃ！　この回重要だぞ！」岡崎先輩がその歓声に負けないほどの大声で発破をかける。「一回裏、締まっていくぞ！」

「おお！」俺たちも声をかぎりにこたえる。

ロージンバッグに軽く手を触れた悟が、プレートに足をおいて兄のサインを見やる。一つ静かにうなずく。

その初球だった。

アウトコースのカーブを狙いすましていたかのような流し打ちで、一番バッターがライト前に運んでいく。ライトの斎藤先輩がワンバウンドで捕球して、内野の俺に返球した。振り返ると、バッターは一塁をオーバーランしてから、悠々とベースに帰っていく。あまり元気のなかった港北大渋谷のベンチとスタンドは一瞬にしてわきかえった。

やはり一筋縄（ひとすじなわ）ではいかない。きちんと気持ちを引き締めていかないと、またたく間に追いつかれ、逆転されてしまうだろう。

「二番・セカンド、朝倉（あさくら）君」

整列のとき、俺のことをにらんできた憎たらしいヤツだった。口笛を吹きかねないほどの涼しい表情でバッターボックスに入っていく。やはり相手チームは、回を追うごとに地力の差が出て、最終的には余裕で勝てると思っているのだろう。

二番の朝倉はベンチからのサインを確認し、早々にバントの構えを見せてくる。

岡崎先輩は、まず弟に牽制のサインを出した。うなずいた悟は、セットポジションに入ってから一塁に牽制球を投げる。大きくリードをとっていたランナーは、頭からベースに帰ってセーフ。

悟は左ピッチャーだ。一塁ランナーと悟は、正面で相対することになる。当然、ランナーにとっては牽制がネックとなってくる。それでも野原は、依然大きいリードをとってくる。

「いいか、確実にワンナウトもらうぞ！」岡崎先輩がこのタイミングで立ち上がって内野に声をかけた。

俺は、ついに来たか、と思った。

岡崎先輩のかけ声は、あるプレーを引き出すための合図だった。〈確実にワンナウト〉。その言葉を確認すると、内野陣は了解の声を上げた。俺たちで決めたピックオフプレー（守備側で示し合わせてランナーを誘い出し、牽制でアウトにする）を実行するためのサインだった。

悟がセットポジションに入る。その一・五秒後に、サードの宮増先輩、ファーストの辻村先輩が、前方に同時にダッシュをかけていく。

もちろんバントするバッターにプレッシャーをかけるためと、ゴロをなるべく早く処理して、できるなら二塁で刺すためである——というのは、このピックオフプレーにとって偽装である。

その隙に俺は、セカンドの守備位置から、ランナーの背後に回りこんで一塁ベースに全速力で向かう。一塁ランナーはもちろんのこと、悟の動きだけを注視しているファーストコーチャーにも気づかれないように、音もなく、そして素早く。

このピックオフプレーの練習を繰り返していたとき、クリスから言われたことがあった。

「キョーイチは、サムライっていうよりもニンジャだネ」

たしかに俺はどちらかというとサムライというより、姑息（こそく）なシノビだった。気配を殺すことに関してはかなりの自信があった。ただ、気配を消して役に立つことといえば、このピックオフプレーか、隠し球くらいしかなかったけれど。

球児は清く正しく、正々堂々と戦うというイメージがある。そんなものはクソ食らえだと思う。ただでさえ強い相手と戦うのだ。姑息なことでもしてやろうという気持ちだった。

一塁ランナーは、ファーストが前に出てベースが無人になったので、リードをさらに広げていく。少しでもリードを大きくとったほうが、バントの成功率が上がるに決まっている。もちろん、ランナーは俺が一塁ベースカバーに入りつつあることを知らない。

そして、俺が空の一塁ベースに入る直前に、ピッチャーの悟が牽制球を投じる。

悟は左ピッチャーなので、俺の動きが逐一見えている。タイミングは完璧だ。

ランナーとしては、ただでさえ左ピッチャーの悟の牽制がうまくて、投球モーションとの判断がつきにくいのと、無人の一塁ベースに牽制が投じられるように感じるので、塁に帰るのが遅れてしまう。

そこを突く。

俺がランナーの背後から一気に走りこんで一塁ベースカバーに入るのと、悟の牽制球が到着するのがほぼ同時だった。

　俺が捕球すると、一塁への帰塁をあきらめたランナーはとっさに二塁に走りだしていた。俺はすばやく二塁ベースに入ったクリスに転送する。

　二塁手前で急停止し、一塁に切りかえしたランナーを全速力で追いかけたクリスは、その背中にグラブをタッチした。タッチというより、クリスが勢いあまってランナーの背中をどやしつけてしまったが、野原はショックが大きかったのか、そのまますごすごとベンチに帰っていく。

　三塁スタンドからは歓声が、一塁スタンドからはため息がもれた。

　表のホームランといい、裏のピックオフといい、完全に俺たちは調子に乗っていた。

「千回に一回が成功したぜ！」「行けるっしょ！　マジで行けるっしょ！」と口々に叫んでグラブを叩く。

　そのお祭り気分を制したのは、先ほどホームランを狙いにいって三振し、こっぴどく大佐古にしぼられた岡崎先輩だった。

「おい、大事なのはこっからだぞ！」声をかぎりに守備陣に活を入れる。「この回、三人で切るぞ！」

やっぱりフィールドに出ると、キャプテンはキャプテンなのだった。俺たちはその一言で、はっと我に返って「OK！　三人で切ろう！」と確認しあう。ベンチ前に身を乗り出して声をかけたそうにしていた大佐古も、満足そうにうなずいてベンチの中に退いていった。

ちょっとでも気を許せば、すぐに逆転されると感じたあの危機感を、意識的に身に引き受けなければ簡単につけこまれてしまうのだ。

そして、相手の二番バッター・朝倉は、見事にその隙をついてくる曲者だった。

あっさりと初球を三塁前にセーフティーバント。まるで宮増先輩の精神的ムラを知り尽くしているかのように、絶妙な三塁線上へのバントを転がしてきた。

間に合わないと判断した宮増先輩は、ファールになるのを待ってボールを見送る。

しかし、無情にもボールは三塁線を切れる前にぴたりと止まった。

「早く捕れ！」岡崎先輩が怒鳴ると、「ガッデム！」宮増先輩がしかたなく三塁線上のボールを拾い上げた。

そして、三番バッターの初球。

あっさりと盗塁を決められてしまう。渡田先輩や俺よりも断然足が速かった。岡崎先輩ももちろん警戒していないわけではなかったけれど、クリスのタッチよりも一拍も二拍も早く朝倉の足はベースに到達していた。

「いやぁ、楽勝、楽勝」朝倉が、クリスや二塁後方のカバーに回った俺にも聞こえるようにわざとらしくつぶやく。「今日は四盗塁かなぁ、ははは。あっ、でもすぐにコールドだから、四つもムリか、ははっ」

こちらがホームランやピックオフプレーをかましたにもかかわらず、まったく動揺を見せることなく、気負いも感じられない選手が相手にいることが驚異だった。それなりに強い高校だけに、数々の死線もくぐりぬけているのだろう。

まだ通常の守備ではワンナウトもとれていないことに気づいた。もちろん、ピックオフなんて姑息な手段はもう使えない。相手はもうだまされてはくれない。コールドにならないかぎり、これからは真正面からぶつかって、二十六個のアウトをもぎ取っていかなければならないのだ。あまりにも遠い道のりに思えた。

「行っちゃうよ〜、三塁も行っちゃうよ〜、いいのかなぁ〜」朝倉が聞こえよがしにつぶやきながらリードをとってくる。

それでも悟は変化球も織り交ぜながら、なんとかツーストライクまでこぎつけた。

五球目。進塁打を狙ったバッターがセカンド方向にゴロを飛ばしてくる。

シートノックの「お手玉」が、一瞬だけ俺の脳裏をよぎった。それを払拭するように、慎重に腰を落としてゴロを捕球すると、一塁についた辻村先輩にスローする。

ツーアウト・三塁。

まだ一回だ。俺は額の汗をぬぐった。喉がからからだ。体力の消耗以上に、神経と精神の擦り切れのほうがすさまじかった。

「四番・レフト、櫛本君」アナウンスがかかると、港北大渋谷側の一塁スタンドが一気にわきたつ。

クリスに負けないほど大きな選手が、左のバッターボックスに入っていく。こいつはヤバいと、その立ち姿でわかるほどの風格がただよっていた。クリスはまだ体の線が細いのだが、この櫛本という男は、何を食ったらこうなるのか、すでに筋肉も大人のものに近かった。

すっきりと自然体でバッターボックスに立ち、バットを立てると、そこからぴたりと静止して、ピッチャーの悟を見すえる。微動だにしないそのフォームは、クリスとは対極の静謐さがただよっていておそろしい。嵐の前の静けさを思わせる。

悟は何食わぬ顔つきでマウンドに立ちはだかる。パワー系のバッターをうまくかわす投球が悟の持ち味だ。どちらかというと、今ランナーに出ている朝倉みたいなテクニック型のバッターのほうが打たれる確率が高い。

初球のサイン交換が行われる。兄弟間の信頼は完璧だった。兄の出したサインを、悟はうなずくことさえしなかった。確認しただけで、そのまま投球モーションに入る。

カーブだった。二種類のうちの、縦に割れるほうのカーブだ。

櫛本は、しかし、微動だにしなかった。ストライクからボールへと低めに沈んでいったカーブを、やはりバットも下半身も動かさず静止したまま——ただ首だけはしっかりとボールの軌道を追いかけてミットにおさまるまでを注視した。

余裕で見切られたかもしれない——そんな危機感をあおる見逃し方だった。

二球目。

もう一種類のカーブだ。左ピッチャーから投じる、左バッターの外へと逃げていくボールだ。

ただ兄弟バッテリーは、櫛本の体すれすれのところから、内角のきわどいところへ食いこんでいくコースを選択した。ちょっとくらいはのけぞってくれるかもしれない。さすがにさっきのような見逃し方はできないだろうという、淡い期待があったのかもしれない。

しかし櫛本はインコース、ボール気味のカーブを、上半身をうまく回転させ、それでいて下半身にはタメをつくり、腕を折りたたんで、巻きこむように打ち返した。

痛烈なゴロが一塁線を襲う。

瞬間的にその行方を追いかけると、ファーストの辻村先輩が飛びついていくのが見えた。その横を打球は猛スピードで通り抜けていく。わずかにベースの外側だった。

ファール。一塁塁審の両手が水平に開く。

「辻村！」岡崎先輩が立ち上がり、守備位置の指示を出す。

辻村先輩は、その手振りに従って、一歩後ろに、一歩一塁線寄りに詰めた。

三球目はアウトローのストレート。おそらく最初からボール球の要求だ。

櫛本はやはり悠然と見送った。ストレートは見せ球で、ボールにしか使わない、勝負は変化球でいく——そんなバッテリーの意図がまるっきり読まれているようにも思えた。しかし、それがわかったところで、カーブ勝負であることが変えられるわけではない。いちかばちかストレートで勝負すれば、高確率で打ち返されてしまうだろう。

四球目は再度、インコースぎりぎりにカーブ。ただし、今度は縦カーブだ。

二球目の軌道のつもりで振れば、芯をはずして詰まるはずだった。

櫛本は狙い通りに振ってきた。またしても一塁線上にゴロが飛んでいく。俺は辻村先輩の背後へ向けてカバーに走りながら、心の中でガッツポーズをしていた。

　バッテリーの意図通り、二球目のファールよりは、断然勢いが足りなかった。しかも辻村先輩は一塁線上に詰めている。

　ようやく一回が終わる。そう思った瞬間だった。

　ゴロが一塁ベースにぶつかる。白球は高く跳ねて、反応良くジャンプした辻村先輩の頭上を大きく越えていった。回りこんだ俺が、なんとか外野に到達する前に押さえる。もちろん、三塁ランナーはホームイン。二対一。

「悟！　今のはしょうがない、次で切るぞ！」岡崎先輩が声をかける。弟はうなずく。まったく表情は変わらない。

　悟の良さは予想外のアクシデントにもまったく動じないところだった。次の五番バッターをなんとかショートゴロに抑え、初回はリードを保ったまま終えることができた。

「よし！　いいぞ、いいぞ！」大佐古が手を叩いて、守備から帰ってきたナインを迎える。「いいか、攻撃の手をゆるめるなよ！　打って、リードを広げてけ！」

　しかし、相手のピッチャー、進藤(しんどう)は立ち上がりの緊張がとれたのか、それとも初回の宮増・岡崎先輩の三振で気を良くしたのか、すっかり立ち直っていた。荒れている投球は変わらないけれど、それを欠点というよりも持ち味に変えて、要所を抑えるピッチングをしてくる。

一方の岡崎悟も、初回に幾分かあった硬さもとれてカーブの切れ味が増してきた。

両者ともランナーを出しながら、二、三回を〇点に抑える。ここまでは息が詰まる投手戦だった。

ただ、こちらのほうがリードしているにもかかわらず、じりじりとプレッシャーをかけられているような焦りが回を追うごとに増していった。港北大渋谷の、いつかは逆転できるという楽観は、根拠のないものではなく、経験に裏打ちされた自信からきているに違いない。どちらにしろ、このまま楽に終わるわけがないという予感は、わざわざ聞かなくても、等々力高メンバー全員の胸の中にあったはずだ。

8

四回の裏だった。

先頭バッターは、四番の櫛本。

まだランナーがいない場面で良かった。悟もこのバッターに対しては開き直ったほうが勝負しやすいと感じたのか、大胆に攻める投球を展開する。ファールと見逃しで簡単に追いこんでしまう。

その三球目。

岡崎先輩は中腰で立ち上がって、高めのストレート、釣り球を要求した。ところが、その外すべき一球が、ボール一個半ほど下に入ってしまう。

こんなおいしい球を見逃すはずがない。痛打される。

強烈な金属音が空気を切り裂いた瞬間には、クリスのジャンプしたはるか上をライナーで越えていった。あっという間に、ゴロで左中間を抜いていく。

櫛本が巨体を揺らして一塁ベースを蹴る。渡田先輩が追いついて、三塁方向へ中継に入ったクリスにボールを投げる。そのときには、櫛本は二塁にスタンディングで到達していた。クリスがボールを持ったまま、走って内野に帰ってくる。悟に直接ボールを返して声をかけた。

「Never mind!」

「ＯＫ！」そう答えた悟も、そろそろ疲労がたまりはじめている様子だった。おそらく一球一球が瀬戸際だという自覚でやっているのだろう。そういう意識で攻めの投球をしなければ、簡単につけこまれ、追いつかれてしまう打線だった。

そのあと、必要以上に神経質になった悟は、結局五番バッターにフォアボールを出してしまう。ノーアウト・一、二塁。ますます傷口が広がっていく。

はっきり言って、俺はこの場面で一点くらいはしかたがないだろうとあきらめてもいた。これから下位打線に向かっていく。まだ、二対一。なんとか同点止まりで抑えたいところだった。

「OK、守りやすくなったぞ！」岡崎先輩の明るい声。「内野はゲッツーとるぞ！」

その言葉通りだった。変化球を引っかけた六番バッターの打球は、クリスの真正面――これ以上ないくらいのゲッツーコースに飛んでいった。打球の勢いも申し分ない。俺は心の中でガッツポーズを決めながら二塁に走りこんでいった。もしかしたら無失点で抑えられるかもしれないという期待で。

その瞬間だった。一瞬、何が起こったかわからなかった。

ボールは、なぜか俺の目の前――二塁ベースのすぐ手前まで力なく転がってきた。俺は夢中でそのボールを追いかけた。

アウトにするはずだったランナーが二塁にすべりこんでくる。ボールをつかんだ俺は、とっさに一塁へ目を向けた。

投げられなかった。バッターは、すでに一塁ベースを駆け抜ける直前だった。

球を持ったまま、俺は茫然としていた。頭ではもちろんわかっていた。目の前で一部始終を見ていたのだから。

　クリスが捕球の瞬間、ゴロをファンブルした。はじかれたそのボールが俺の前に転がってきた。クリスがゲッツーを焦ってエラーしてしまったのだ。一塁スタンドの歓声が、俺たちを攻め立てるように鳴り響く。いっせいにメガホンを打ち鳴らして、俺たちの焦りをつのらせる。

　ノーアウト・満塁という、このピンチの状況よりも、クリスがここぞという場面でエラーしたということが何よりの痛手だった。守備の要がミスをすれば、それだけチームとしての精神的なショックも大きい。

　クリス自身、メンタルが弱い一面がある。乗っているときは一気に突っ走るが、一度ブレーキがかかると、ずっと引きずってしまう。

　俺としてはタイムをかけたい頃合いだった。ただ、そのタイミングは大佐古か、キャプテンである岡崎先輩に一任されている。二人とも動かない。

　まだ序盤で逆転されていないということもある。それに、タイムをかけて内野がマウンドに集まれる回数は、ルール上、一試合にたった三回までとかぎられている。この先、どんなピンチが待ち受けているかもわからない。もしかしたら、これ以上の逆境が俺たちを襲うかもしれない。

「クリス！」岡崎先輩が声をかける。「気にすんな！　次だ、次！」

はたして、その声が届いているのかどうかさえわからなかった。うつむきながら、人工芝で気にする必要もない足元の地面をならしている。俺が近寄って声をかけようとしたとき、ひときわ高い声がクリスの顔を上げさせた。

「クリス！」マウンド上の悟だった。「ネバーマインド！」鼓舞するようにグラブを叩く。ふだんの悟にはない姿だった。

クリスが顔を上げ、前を見る。そして、うなずいた。

「よし、内野は前進、ホームゲッツー！」岡崎先輩が指示を出す。「外野も前進！　ここは大事だぞ！」

七番バッターが、気合いじゅうぶんといった様子で、素振りを繰り返しながらバッターボックスに入っていく。

悟はよく集中していた。球を低めに集めて、外野にボールが飛ばないように配球していく。悟の生命線は、変化球のキレとコントロールだ。ぴんと張りつめた緊張感が、逆に悟の全身を躍動させていた。

四球目。キャッチャーへのファールフライ――ちょうど真後ろへの小フライが上がる。

岡崎先輩は主審を押しのけかねない勢いで、マスクを外しながら後方へ突進していった。そのまま足からスライディングして、ちょうど腹の上でボールを受けるようなかたちで、ミットを上から押さえつける。

ボールがこぼれていないか、主審が確認する。その右手が高々と上がると、三塁スタンドから安堵のため息がもれた。

先輩もやっとワンナウトがとれたことに安堵しきったのか、捕球したまままいつまでも寝転んでいる。ランナーとアウトカウントがすっかり頭から抜け落ちてしまったのか、全身が弛緩(しかん)している様子で立ち上がらない。

「翔君！」ホームベースのカバーに入った悟が、兄の名前を叫んだ。

アニキは、朝っぱらに弟に起こされたみたいに、はっとして飛び起きた。ようやく状況がつかめたのか、ボールをつかんだままあわててランナーを牽制するそぶりを見せる。

まだワンナウト・満塁だ。いくらキャッチャーフライとはいえ、気を抜いていると三塁ランナーがタッチアップして、本塁に突入しかねない。事実、三塁ランナーの榊本は、隙あらばホームをうかがっている様子だった。岡崎先輩が立ち上がったのを見て、ようやく三塁ベースに帰っていく。

「セカンとショートは二塁でゲッツーとるぞ！」岡崎先輩は俺とクリスを定位置に下がらせた。ファースト、サードは依然前進守備、ホームゲッツーを狙う。

陽が高くなってきた。人工芝に伸びる影が徐々に短くなってきている。俺はアンダーシャツの袖で汗をぬぐった。あとからあとから垂れてくる汗は、それでもあごの先からしたたって足下の芝を濡らした。

メガネのレンズまで汗をかいたみたいにびしょびしょに濡れていた。タイムをとって、メガネバンドを外した。水分を拭いて、メガネをつけなおす。

悟の汗はそれ以上だった。サインの交換でうなずくたび、襟足から大粒の水滴が背中のほうへと落ちていく。

ただ集中力は切れていないようだった。低めに集めた投球はつづく。

その二球目。思いきり叩きつけたようなバッティングは、ワンバウンドで大きく悟の頭上を越えようとしていた。

俺とクリスは、互いの守備位置からとっさに悟の背後に回りこむ。抜けるかもしれない――そう思ったときだった。悟が投球の着地の瞬間、反応良く飛び上がった。ジャンプというよりも、ほとんど夢中で食らいつくみたいな、なりふりかまわず腕とグラブを投げ出すような勢いだった。

激しくぶつかるボールとグラブ。ボールがはじかれて、セカンドの定位置の方向へと転がっていく。ピッチャーの背後に走っていた俺は、急停止して逆戻りした。

無我夢中だった。はたから見ていたら、必死の形相をしていただろう。小野寺や親父に見られているという、そんな意識は消し飛んでいた。ただ、目の前を逃げていくボールが芝生の緑から浮いて見えているだけだった。

ホームは余裕でセーフだ。問題は一塁をアウトにできるかどうかだ。

右手で直接つかむ。

ほとんど倒れこむようにファーストへと投げる。

ボールが辻村先輩のミットに吸いこまれていく。バッターランナーがヘッドスライディングをする。

その一連がスローに見えた。

しかし、一塁の審判が派手なアクションでアウトを宣言したところで、張りつめていた意識がとけたのか、それともこの瞬間まで止めていた呼吸をようやく体が思い出したのか、通常のスピード感覚が戻ってくる。

スタジアムの歓声も、耳の奥からわいてくるようによみがえってくる。

三塁ランナーの櫛本が還って、二対二。同点に追いつかれる。

ツーアウト・二、三塁。ようやくツーアウトまで「こぎつけた」という感覚だった。

「ここで切るぞ!」「これからだぞ、まだ同点!」「元気出していこう!」

みんなもある程度は、最少失点の一点を覚悟していたのだろう。誰も落ちこんでいる人間はいなかった。まだ四回だ。これからいくらでもチャンスはある。

だからこそ、次の九番バッターに対してツーストライクと追いこみ、釣り球を内野フライにしとめたときには、まだ球が落下しないうちから、みんながガッツポーズを決めていた。

フライは高々とショートに上がった。俺は念のため、クリスの背後へフォローに回る。

だけど、実際にフォローする気はあんまりなくて、ただ形式的にクリスのそばに近寄っただけだった。捕るのが当然だと思っていた。

それだけに、クリスのグラブから球がもれた瞬間は、まったく心構えができていなかったのだ。グラブからはじかれて、こぼれるボールをただ茫然として見送ることしかできなかった。

捕球する寸前の、クリスのあわただしい足元を見て、おかしいと気づくべきだったのだ。風もあまりないので、落下点に入ったら、そこまであたふたと動く必要はない。しかし、フライに対してどっしりと構えられなかったクリスは、落球すると今度は硬直したように動かなくなってしまった。

立ちすくむクリスの後ろを力なくボールが転がっていく。

「ボール、ボール！」岡崎先輩が叫ぶ。「瀬山！　早く拾え！」

クリスの背後に落ちたボールをとっさにつかんで、周囲の状況を見渡した。

もともとツーアウトだったのだ。ランナーは打球にかかわらず、打ったら走っている。二塁ランナーと三塁ランナーは、高いフライが落ちてきて、ついでにクリスのグラブからも落ちた時点でとっくにホームを駆け抜けていた。

二対四。逆転。

打ったランナーは、そのまま二塁に到達。電光掲示板には、エラーを示す「E」の文字が大きく灯った。

等々力高校の誰もが、その場から動けず、一言も発することができなかった。

クリスを励ましたかった。そりゃ、誰だってミスはする。一つのイニングに二回エラーすることだってあるだろう。しかし、この大事な局面のイージーな内野フライだった。

「クリス、気にすんな！」業を煮やした大佐古がベンチから叫ぶ。「まだ二点差だぞ！　切り替えていけ！」

クリスは太陽をしきりに気にするそぶりを見せている。手でひさしをつくったり、グローブを頭上にかざしたり、まぶしかったからエラーしたというアピールなのか、うなだれながらも、ときどき太陽をうらめしげに見上げている。

たしかに内野フライがちょうどかぶる位置に太陽があった。まぶしかった。でも、やっぱりそれは理由にはならなかった。事前に心構えができていれば、じゅうぶん対処できたはずだ。

葬式みたいになっている等々力高校とは対照的に、港北大渋谷のベンチはお祭り騒ぎだった。流れは完全に相手のペースだった。

「ＨＥＹ！　ニガー！　しっかりたのむＹＯ！」そう聞こえよがしに叫んだのは、相手校のセカンド・朝倉だった。「ちゃんとやんないと、俺たち勝っちゃうＹＯ、ニガー！」朝倉がでたらめのラップ調で叫ぶと、周りの選手たちが腹を抱えて笑い転げていた。あざけるようなバカ笑いが巻き起こる。

聞こえているのかいないのか、クリスは依然うつむいている。

絶対に許せない野次だった。頭に血がのぼるのを感じていた。

そのときだった。

「おい、テメエ、コラ！」とんでもないところから声が響いてきた。

声の主をたしかめると、たった今の怒りも一瞬にして吹き飛んでしまった。

「おい、いっぺん死んでみるか？」朝倉の挑発を聞いた岡崎先輩が相手の一塁ベンチにゆっくりと歩いていく。完全にキレたときの表情だった。「もう一回、言ってみろや、コラ。ぶっ殺すぞ！」

「おい、君！」主審が岡崎先輩を止めにかかる。「暴言を吐くと退場にするぞ！」

さすがの悟も、これはヤバいと思ったのか、マウンドから駆けおりて兄の前に回りこみ、止めに入った。宮増先輩と辻村先輩もあわてて走って、相手ベンチへ歩いていこうとする岡崎先輩の肩を後ろからつかむ。

最悪の状況だった。一時期クリスと険悪な仲になっていたことを考えると、心ない野次に対して義憤にかられた先輩の行動は、むしろよろこばしいこととして受けとめられるべきなのかもしれない。だけど、いくらなんでもこれは公式戦だ。衆目がある中でトラブルを起こせば、一瞬で首が飛んでしまう。岡崎先輩が欠けてしまったら、このままずるずると点を離されて、確実に負けてしまうだろう。

岡崎先輩も周囲の説得で一気に血が下りたのか、今度は冷静になって頭を抱えこんでいる。

「すみませんでした！」主審に平謝りしている。「もうしません！　もう暴言吐きませんからなにとぞ寛大なご判断を！」

主審は張本人である岡崎先輩と朝倉、そして両監督を呼び寄せ、厳重注意をうながした。今後このようなスポーツマンらしからぬ汚い言葉を吐いた場合、理由のいかんにかかわらず当事者の退場処分、あるいは没収試合にすることを言いふくめた。

「ぶっ殺す」と叫んだ先輩のほうが処罰されるのかと思ったら、主審も状況をしっかりと見てくれていたのだ。発端になったのは、あきらかに挑発的とも、差別的ともとれる発言をした朝倉だった。それを考慮に入れて両成敗にしてくれたのだ。

俺はこのあいだ、先輩のごたごたはみんなにまかせて、クリスのそばについていた。本来なら絶対にタイムをとらなければならない局面だったけれど、はからずも間があいたことだけは救いだった。

「大丈夫か？」クリスの肩に手をおいて聞く。クリスの体は、ちょっと異常とも思えるほど熱をもっているように感じられた。黒い顔が青白くなっている。

「まぶしかった」クリスはうつむいて言う。「ちょうど重なって見えなかった」

「ああ、わかってるよ」俺は静かにうなずく。「でも、まだ二点差だし、打って返してくれよ」

「もうダメかもしれない」

「なんだよ、お前らしくないな」俺は焦っていた。クリスがこのままやる気を失ったら、チームもそれに引っ張られて自沈してしまう。「もしかして相手が言ったことが気になってるのか？」

「いや、それは関係ないヨ。そんなのはどうでもいい」

自分の売りである守備で、この回二つのエラーを出し、結果として相手に三得点与えてしまったことがそうとうショックなのだろう。

「おい、クリス。お前は見られてんだよ」

「え？」クリスが顔を上げる。

「お母さんと、おばあさんも来てるんだろ？」そう言われたクリスはスタンドのほうに目をこらした。

「それにお前が誘った小野寺も来てるんだし、もちろん児島も見てる。それから……」と、俺はそこまで言って迷った。でも、絶対にその先を言わなきゃいけないと思った。「また適当なこと言いやがってって思うかもしれないけどさ、俺は絶対にお前のオヤジも見てると思うぞ」

クリスが俺を見つめる。また「ウソつき」と言われるかもしれないと思った。でもウソつきでもなんでもいい、クリスにまた前向きなプレーをしてもらわなければ、俺たちは負けてしまう。

でも、この追いつめられた状況で思わず口に出してしまったことは間違いなく本心だった。

先に逝った死者たちに見つめられている――だからこそ、俺たちは情けないことなど決してできないのだと思った。

「実際には見てないかもしれない。でも、俺はしっかり見られてると思う。問題は見られてるって意識だと思ってる。俺たちはそういう人たちに見つめられているからこそ、後ろ向きになんかなれないんだと思う」

その真剣さが伝わったのか、クリスの表情がみるみる変わっていく。引き締まって、決然とした顔つきになっていく。

「エラーや失敗は許されるよ。でも、それでぐずぐずしてる情けない姿は絶対に死んでいった人には見せられないと思うんだ」俺はそれから笑ってつづけた。「まあ、岡崎先輩くらい厚かましくなれとは言わないけどさ」

そのとき主審がプレーの再開を告げた。

俺とクリスは、それぞれの定位置へ、左右にわかれていった。

振り返ってその後姿を見つめてみる。大きな背中を見て、もう大丈夫だと思った。

マウンドに戻った悟も、クリスを見つめる。責めるような表情ではなかった。言葉ではなくその眼差しで多くを伝えるような、「俺が抑えるから、お前は打て」と励ますような、優しいけれど厳しい目つきだった。帽子のつばの下でその目だけが爛々と光っている。クリスと悟はうなずきあって、互いの勝ちへの意志がまだ枯れていないことを確認したようだった。

打順が一番に返る。早くも三巡目だ。

バッターの目も慣れてきたのか、変化球にきっちり対応して、クサい球はことごとくカットしてくる。悟も粘ったのだが、結局根負けしたかたちでフォアボールを与えてしまった。

またしても重苦しい雰囲気に支配される。ツーアウトで、依然ランナー一、二塁。もうダメかもしれないと落胆していたクリスをさっき説得したばかりなのに、俺自身がそう思いかけていた。このままずるずると相手の流れを止めることができずに、大量失点を許してしまうという場面は練習試合でも何度かあった。

「二番・セカンド、朝倉君」しかしそのコールがかかった瞬間、俺たちの目の色は変わったのだった。

なんとしてもこいつだけは抑える。みんなの集中力がバッターにそそがれていくのがわかった。

朝倉もさすがに主審に注意されたばかりで、軽口を叩く様子はなかった。それでも余裕綽々(しゃくしゃく)といった表情は変わらない。セーフティーバントを警戒する宮増先輩が一歩前に出る。

バッテリーがサインの交換を行う。

悟が一発でうなずく。

一球目は、インコースの渾身のストレートだった。虚をつかれた朝倉は、手が出なかった様子で見送る。ワンストライク。

そして二球目も、朝倉の裏をかいて、まったく同じコースのストレートだった。

これも朝倉は予想外だったようで、中途半端に出したバットに遅れて当たってファール。

これまでの二球、朝倉は完全にカーブ狙いだった。問題は次だ。ツーナッシングという場面で、バッターはどの球種にも対応できる心構えでくるだろう。

そこで意外なことが起こった。

悟が兄のサインに首を振る。兄がサインを出し直す。それにも首を振る。

悟がサインに首を振るところを、今まで見たことがなかった。ましてや二回も拒否するなんて絶対にありえない。何か異常なことが起こっているのだと、チームの誰しもが思っただろう。

悟はプレートをはずして仕切り直した。帽子をはずして汗をぬぐう。

そこからバッテリーはいっさいサインを交換することなく、三球目の投球に入る。

なんと悟はセットポジションからではなく、ワインドアップ――振りかぶる動作から投球を開始したのだ。通常、ワインドアップはランナー無しのときに使うものだ。なぜなら振りかぶったり、足を上げたりという動作が多いぶん、簡単にランナーに走られてしまうからだ。
一、二塁のランナーは当然スタートを切りはじめる。
つまり悟の三球目は、ランナーなどもはや関係ない、絶対にこのバッターを打ちとるという意識で投げることを意味していた。

たしかにその心意気はわかる。クリスをバカにされて、このバッターを何が何でも三振にしとめてやろうという気持ちは痛いほどよく理解できる。

でも、俺は絶対に打たれると思った。バッテリー以外は、もちろん俺たちも何を投げるのかまったくわからなかった。でも、俺は百パーセントの確率でストレートだと思った。

三球連続でストレートはいくらなんでも無謀だ。

朝倉がヘルメットの下でにやりと笑うのが見えた。

ワインドアップで投げるということは、力でねじふせたいという気持ちが完全に露呈してしまっている。悟らしからぬことだけれど、怒りで我を忘れて、ムキになって、いつもの冷静な投球ができなくなっているのかもしれない。岡崎先輩でも、もはやそれを統御できないところまできているのかもしれない。

しかし、悟のストレートでは抑えることが難しいはずだ。朝倉は二球ともストレートを間近で見てしまっている。それに、なんと言っても悟は変化球のピッチャーだ。生半可なストレートでは狙い打ちにされてしまう。

ここで試合が決まってしまうかもしれない——俺は打球に備えて腰を低く構えながら覚悟を決めていた。

しかし、ゆったりとしたワインドアップのフォームから投じられた球筋は、人を食ったような超スロースピードで、緩やかな弧を描いて縦に割れていった。

完全にタイミングをはずされた朝倉のバットが空を切る。

カーブはそのまま地面に落下していった。

ワンバウンドを体で止めた岡崎先輩が、あわててボールをつかんで朝倉にタッチする。朝倉は茫然として、一塁へ走る気配すらなかった。主審がバッターアウトを宣言して、あまりにも長く感じられた四回の裏がようやく終了した。

悟がいつものように涼しい顔でマウンドを降りていく。

「俺までだまされたぞ」後ろから追いついた俺は、悟にならんで声をかけた。「絶対ストレート投げるのかと思った」

「ここだよ、ここ」そう言って悟は人差し指でこめかみを指した。「ああいうバカなヤツには、こういう攻め方がいちばん効くんだ」

やっぱりいつもの冷静な悟だった。たのもしいかぎりである。

一方、岡崎先輩の周りには、今の一球の真意を聞くためにチームメートが集まっていった。

「俺は二回ともカーブのサインを出したよ。でも、首を振られたからな」岡崎先輩も自分の弟のしたたかさに舌を巻いているようだった。「実はさ、俺たちのあいだに決まりがあって、二回首を振ったら悟が好きな球を投げていいってことになってたんだ。その球は悟自身がサインを出す。まあ、試合で今までそんな場面はなかったけどさ、帽子を外すっていうのがサインで、それが縦カーブの合図だったんだ。で、ワインドアップで投げはじめた瞬間に、俺も狙いがようやくわかったよ。それにしても、ヤツはホントに俺の弟か？」

顔が似ていなかったら、先輩の言うように誰も兄弟だと信じなかっただろう。性格が違いすぎる。

とにかく、この頭脳プレーの三振のおかげで、クリスのエラーがみんなの頭から消え去ったことはたしかだった。問題はクリス自身が引きずっていないかだったが、その表情を見るかぎり、心は折れていないようだった。

五回の攻防は両者とも〇点。依然、二対四。

守備では、ランナー無しの場面でショートゴロもあったが、クリスが難なくさばいてアウトをとった。

「まだまだ行けるぞ！」大佐古が手を叩いて生徒たちを鼓舞する。みんながうなずく。等々力高校のベンチに、あきらめている選手はいなかった。

六回の表。

試合は終盤にさしかかりつつある。

この回の先頭バッターは俺だった。

相手投手の投球練習中、俺は何気なくスタンドのほうを振り返ってみた。

ありえない光景が眼前に広がっていた。

親父が小野寺のとなりに座っている。俺のことを指さして、何か話している。小野寺は笑みを浮かべて、親父の話にうなずいている。

心臓が止まるかと思った。あわてて前に向き直ってバッターボックスに入っていく。

いつの間に二人が近づいたのか、まったく気づかなかった。

何を話しているかもわからない。でも、二人ともなんだか楽しそうだった。小野寺は学校ではほとんど見せたことのない自然な笑顔だったし、親父も親父で俺や妹に対するのとはまた違った柔和(にゅうわ)な表情を浮かべていた。

最初は見られていること自体が嫌だった。なんとなく気恥ずかしい思いが先に立っていた。

でも、今は違う。

あの笑顔だけはなんとしても崩したくない――その一心で初球を振り抜いていっ

た。なんとかショートとサードのあいだを突破して、レフト前に抜けていく。

一塁に立ってから、遠く、三塁側スタンドを見やる。

小野寺と親父が、応援席の中で手を叩いてよろこんでいるのが見えた。

心の中で小さくガッツポーズをした。

ノーアウト・一塁、絶好のチャンス。打順も最高だ。

そして、三番・クリスにカウント、ワンボール・ワンストライクでヒットエンドランの指示が出る。

ピッチャーが投球に移ったところで、俺がスタートを切る。

クリスは少しも気負うことなく、高めのストレートをひっぱたいていった。センター前に抜けるのを確認してから、俺は二塁手前で再加速し、一気に三塁にすべりこんでいく。ノーアウト・一、三塁の好機をつくりだした。

次いで、四番の宮増先輩。

もう大振りはしなかった。素直に振りきったバットは、押し出すように飛球を外野まで運んでいく。

犠牲フライには少し浅めの距離だった。ぎりぎりのタイミングになるだろう。俺は三塁に戻り、打球の行方を注視しながら身を低くしてスタートに備える。

レフトが捕球した瞬間、スタートを開始する。

レフトが返球を一本で返してきた。ワンバウンドでキャッチャーミットに吸いこまれていくところが、まさに目の前に見えた。

とっさにキャッチャーの右横に回りこんでいく。ブロックをかいくぐって、大きく迂回しながら、左手だけでホームベースへタッチにいった。

確実にキャッチャーのタッチをまぬがれている自信はあった。俺は倒れこんだ勢いで転がりながら、主審の判定をたしかめた。

しかし、審判の手は動かない。膝に手を当てた姿勢のままぴくりとも動かず、アウトともセーフとも言おうとしない。

一瞬何が起こっているのかわからなかった。

そのとき、ネクストバッターズサークルで控えていた岡崎先輩が叫んだ。

「瀬山！　ホームベース！」

その声でようやく気づいた。キャッチャーはタッチしていないし、俺もまだホームインしていないという審判の判断だったのだ。

キャッチャーも気づいて、ミットからホームベースに覆いかぶさっていく。

俺も這（は）った姿勢のままホームベースを触りにいく。土まみれになって、這いつくばって、ホームを目指す。

だけど、どんなに無様で格好悪くても、勝たなければならなかった。目の前には、いびつで白い五角形のかたまりが見えている。なんとしてもタッチされる前にそれを触らなければならない。考えてみれば、おかしなことをしていると思った。

伸ばした右手に、キャッチャーのミットが重なる。

俺は倒れたまま審判を見上げた。

「セーフ!」主審の両手が水平に広がると、一気に歓声がわきあがった。

三対四。一点差まで詰めよった。

ホームインのごたごたのあいだに、クリスもタッチアップして、二塁にまで到達。

ワンナウト・二塁で、同点に追いつく絶好の場面。

「五番・キャッチャー、岡崎翔君」

アナウンスがかかると、三塁スタンドの声援がひときわ大きくなる。岡崎先輩は友人や知り合いが多いらしく、ガラが悪い私設応援団ができあがっていた。少しこわめの人たちが、ブラスバンドの演奏する曲――JITTERIN'JINNの「夏祭り」に合わせてメガホンを打ち鳴らす。

「かっ飛ばせ! 岡崎!」その合間に、「ぶっつぶしたれ!」とか「いてまえ!」という身の毛のよだつ言葉がまぎれこんでいる。

　血の気の多い言葉に興奮しているのか、ぐっとあごを引いた岡崎先輩が、マウンド上のピッチャーをにらみつけた。

　その三球目だった。

　流して打った打球が、一、二塁間を抜けていく。

　クリスが三塁を回って、一気にホームをおとしいれようとする。

　唯一の懸念は、打球が鋭すぎることだった。もともと前進気味だったライトがつっこんでゴロを捕球し、バックホーム。中継に入ったファーストが送球をスルーして、ボールはキャッチャーに到達する。

　タイミングはギリギリだった。タッチにいくキャッチャーに、クリスは真正面からトップスピードのままスライディングしていく。

　少しだけキャッチャーがかわいそうだった。百九十近い男にまともにぶつかられて、キャッチャーは簡単に吹き飛ばされてしまった。ボールはミットからこぼれて、力なく転がっていく。

「セーフ！」主審が叫ぶ。

　タックルにいったわけではない。足からスライディングしていっただけだから、ルール上はもちろん、スポーツマンシップとしても問題なかった。ただ、クロスプレーの場合、クリスの体そのものが完全なる凶器になる。体格が違いすぎただけだ。

「よっしゃあぁぁ!」ベンチでハイタッチが乱れ飛ぶ。ベンチの頭上のスタンドでもメガホンが打ち鳴らされる。点が入ったときに演奏される、等々力高校校歌をマーチ風にアレンジした楽曲が鳴り響く。

クリスがフィールドのほうへ向きなおって、一塁上に立った岡崎先輩にこぶしをかかげる。先輩もクリスに右手を上げる。その光景に、今まで二人の仲に翻弄されつづけてきた部員たちは歓喜の雄叫びを上げた。

「同点だ!」そうして、よろこんでいたのもつかの間だった。

次の回の守備でピンチが訪れる。

そもそも悟が限界に近かった。

七回途中まで投げて百二十一球。ワンナウト・一、三塁という局面だった。しかも、次のバッターは、この試合三打数二安打の四番・櫛本だ。

どうやら握力が鈍って、変化球のコントロールがきかなくなっているようだった。

汗も尋常ではないくらい出ている。

三塁ファールゾーンのブルペンでは、大野が投球練習をしていた。もう準備は万端整っているようだ。

大佐古監督が交替を告げる。

「都立等々力高校のピッチャー、岡崎悟君に代わりまして大野君。九番・ピッチャー、大野君」

背番号1番が、背番号10番にマウンド上でボールを手渡す。それから、そっと尻を叩いて、マウンドを降りていく。二年生ピッチャーのリレーだ。三塁スタンドからは健闘をたたえる拍手が起こった。

ショートをクリスにゆずり、ピッチャーに専念してからの三ヵ月、大野は徹底的に投手としての練習を積んできた。チームとは離れて、悟とともに走りこみ、投げこみ、筋トレなど禁欲的な鍛錬をよくこなしてきた。その結果、球速、球威、制球ともに、今までとは比べ物にならないほどの成長を示してきた。

本人も目を見張るほどの上達がおもしろいのか、今まで文句を垂れていた地味な練習にも不平を言うことはなくなっていた。悟が変化球のピッチャーなら、大野はストレートでぐいぐい押していくタイプだ。悟の球筋に慣れた打線なら、きっと効果的に抑えることができるだろう。

そう思った矢先、櫛本に対する初球はとんでもないボール球だった。岡崎先輩がジャンプして捕球するほど高めにはずれた。

大野は力が入りすぎていた。おそらく、櫛本を意識しすぎていた。

岡崎先輩が大きく両肩を回して、力を抜いていけというジェスチャーを示す。大野はうなずきながらキャッチャーからの返球を受けとるが、そんなこと本人だってわかっているはずだ。わかっていてもどうしようもないのが、この緊迫した局面なのだ。

たしかにムリもない話だった。終盤の同点という場面、いきなりランナーを背負って投げる機会などそうそうない。しかも、大野は公式戦初登板なのだ。

大野はマウンド上で深呼吸をした。でも、深呼吸そのものに思いきり力が入っているように見えた。抑えようという意識が強ければ強いほど、余計な力みが出てしまう。

「打たせていいよ!」「リラックスしてこう!」バックから声がかかる。

二球目はスライダーだった。

ただ、腕の振りが甘いせいか、力みすぎているせいなのか、俺の目にはいっさい曲がりも落ちもしない、ただの打ちごろの緩い球がそのまま櫛本の懐付近に入っていくように見えた。

櫛本がそれを見逃すはずがない。

微動だにしないフォームから、一瞬のタメののち、爆発的にバットを振り抜いていく。

俺が打球に反応して一歩目を踏み出した瞬間には、痛烈なゴロが一、二塁間を切り裂いていった。

ごくあっさりと、当たり前のように、一点追加。四対五。なおワンナウト・一、二塁。

着実に等々力高校の焦りは増していった。

じわじわと首を絞められるように、このまま殺されていくのかもしれない。そんな焦りだった。もう七回だ。絶対にこれ以上離されるわけにはいかなかった。

「おい、まだ一点差だぞ！　何、気落ちしてんだよ、テメェら、あとでぶち殺すぞ！」岡崎先輩が守備陣を鼓舞する。どうやら味方への暴言は許されるらしい。「内野はゲッツーだぞ！」

もうここまで来ると、少しでも気を抜き、少しでも油断したほうが負けだった。なんとか大野のために早く一つアウトをとってやりたかった。一つとってツーアウトにできれば、きっといくらか地に足がつくだろう。

五番バッターが勝負を決めるべく、バッターボックスに入っていく。

それに対して、バッテリーは完全にストレート勝負だった。

体の硬さがとれるまで、変化球は危険だという岡崎先輩の判断だろう。フォアボールのおそれはあるけれど、まだ球速、球威のあるストレートのほうが打ちとれる可能性が高かった。うまくストライクが入ってくれてバッターが手を出してくれれば御(おん)の字という綱渡り的投球だった。

スリーボール・ワンストライクからの五球目。大野は四球をおそれて、少しだけストレートを置きにいく。その力のない球を狙い打ちされる。

ショートの横——二塁ベース寄りのゴロがクリスを襲った。甲高い金属音を残して、スピードを緩めずに白球が近づいてくる。

クリスが精一杯左腕を伸ばして、横っ飛びに食らいついていった。

ボールがグラブに吸いつくようにおさまる。

クリスの動きは実にムダがなかった。そのダッシュも、飛びつくタイミングも、バウンドに合わせたグラブさばきも、すべてはたった一つの球を、外野まで到達させないためだった。

寝転がった姿勢のまま、クリスはグラブの中のボールを右手でつかみなおして俺のほうへトスする。

一瞬だけ視線が交錯する。あとはたのんだぞ、というクリスの目だった。

二塁ベース上でボールを受けた俺は、スライディングしてくるランナーをよけながら、すぐに右手につかみなおしてファーストへ転送する。

その瞬間、「ヤバい！」と焦った。

ボールの握りに違和感があった。指にしっかりと縫い目がかかっていない感覚だ。ランナーをかわしながらの送球で、体が不安定だったということもあるかもしれない。

それはごくたまにある感覚だった。捕球して瞬時にボールをつかむと、送球の瞬間に引っかかるような、かといってうまく指先に引っかかっていないような、うまく表現しがたい違和感が残ることがある。

だからといって、握り直す時間は許されていない。下手に腕だけで軌道修正すると、なおさら暴投してしまう危険もある。

この不安定な感触のままスローイングするしかなかった。

案の定、ボールはファーストの辻村先輩の手前でワンバウンドする。

「捕ってくれ！」俺は心の中で叫んだ。

辻村先輩は、左足を懸命に伸ばして、バウンドが跳ね上がる直前――ショートバウンドに合わせて、ミットをうまくすくいあげた。

その背後を、ぎりぎりのタイミングでバッターランナーが駆け抜けていく。

一塁の審判が、右手を投げ出すような派手なアクションでアウトを宣言した。

ダブルプレーが成立！　攻守交替！

「クリス！　辻村！　ナイスプレー！」歓喜の声が飛び交う。俺は見事に足を引っ張っただけだった。

いまだに倒れているクリスに手を差し伸べた。クリスが俺の手をつかんで立ち上がる。

俺たちは三塁側スタンドの声援に迎え入れられながら、ベンチに帰っていった。

いつまでもこうしていたい——暑くて、苦しくて死にそうなのに、なぜかずっと野球で戦っていたいという思いが俺の内側にあふれていた。

そんな感傷を簡単に打ち砕いたのは、ベンチ前で待ち構えていた岡崎先輩と辻村先輩だった。

「次、変な球投げやがったら覚悟してろよ」と、岡崎先輩。

「うまく捕ってやったんだから、帰りアイスおごれよ」と、辻村先輩。

さすがに、さっさと終わらせて帰りたいと思った。もちろん、勝って、笑って、帰るのだ。

八回の攻防。

両者ともにチャンスをつくりながらも無得点。

とくに大野は八回の後半の投球から、ようやく力みもとれて、本来の投球がよみがえってきた。

9

そして、九回がやってくる。

表の等々力高校の攻撃。

一点のビハインド。

ここで点がとれなければ、それまで、である。

先頭はピッチャーの大野だった。

大野は執念のかたまりみたいになっていた。

いくら自分で招いたピンチでなかったとはいえ、決勝点となりかねない点を相手に与えてしまっている。なんとか自分で出塁して、ホームに還り、同点にまで追いつきたい——そんな思いが、がむしゃらなバッティングに表れていた。

　四球目。アウトコースの球を、バランスを崩しながら強引に引っ張ると、サードの横をかろうじて抜けていった。ショートが回りこんで捕球し、懸命に送球を試みる。若干の余裕があったけれど、大野は頭から滑りこんでいった。審判の両手が広がる。

「よっしゃあ！」スライディングの勢いで、ベース上に正座したままの大野がガッツポーズする。

　三塁ベンチが一気にわきあがる。首の皮一枚だけつながった。

　ノーアウト・ランナー一塁。一点ビハインドの九回。難しい局面だった。

　なんとしても大野だけは還さないといけない。しかし、正攻法で打っていったところで、その一点はかぎりなく遠いような気がしてくる。

　ただ、打順は一番に返って、渡田先輩。ここからは機動力が存分に使える。

　サインを出す大佐古に目を向ける。セオリーなら、送りバントだ。しかし、こういう瀬戸際のときこそ、攻撃的にいかなければならない——それは大佐古の持論でもあった。ここまで必死に食らいついてきたのだから、最後くらいは派手に勝つか、派手に散りたいものだった。後悔だけはしたくない。

初球はノーサイン。

ピッチャーの一球目を、渡田先輩はセーフティーバントの構えからバットを引いて見送った。低めにはずれてボール。

一方、ランナーの大野は、投球と同時にスタートを切る構え――三、四歩ダッシュをかけるそぶりを見せた。捕球したキャッチャーが腰を浮かせ、視線だけで大野を牽制する。

内野の動きがにわかにあわただしくなった。バッターとランナーの揺さぶりで、相手にプレッシャーをかけていく。

ワンボール・ナッシング。大佐古のサインが出る。

〈バスターエンドラン〉――つまり、ランナーが投球開始と同時に二塁へスタートを切る、バッターはバントの構えから一転、ヒッティングに切り替えて打つ、という強攻作戦だ。盗塁時の二塁ベースへのカバーや、バントに対するシフトなど、最大限内野をかきまわしてから、ゴロを転がして内野を抜くのが狙いだった。

絶対にフライやライナーを打ってはいけない。

もしライナーで捕球された場合、走ったランナーは確実に戻れないので一気にゲッツーである。鉄則はなんとしてもゴロを転がすことだった。もし渡田先輩がゴロでアウトになったとしても、結果的にはワンナウト二塁で、最低限送ったかたちにはなる。

渡田先輩はサインにうなずいてから、早くもバットをバントの握りに変えてバッターボックスに入り直す。

その構えを見て、サードが一歩だけ前に出る。当然、相手もバスターを頭に入れているはずなので、そこまで極端なバントシフトはしいてこない。

ピッチャーがセットポジションから、投球モーションに入る。

大野がスタートを切る。

「走った！」という、ファーストの声が響く。

それに反応して、キャッチャーが中腰に構える。ショートが二塁ベースに走る。

渡田先輩がバントの構えから、右手をスライドさせてグリップを握り直し、ヒッティングの構えに移行する。

そのままバットを打ち下ろすように振り抜いていった。

ふつうだったら確実にショートゴロだった。

そのぼてぼてのゴロは、前進気味のサードと、セカンド方面からあわてて戻ろうとしたショートのあいだをしぶとく抜けていた。

大野が二塁ベースを蹴る。ゴロが死んでいるぶん、躊躇は一切なかった。レフトが全速前進でゴロをつかみ、サードにスローイングする。

大野はまたしても頭からすべりこんでいった。サードがタッチにいく。

俺はネクストバッターズサークルで思わず立ち上がっていた。赤っぽい土ぼこりが舞いあがって、よく見えなかった。

「セーフ！」

バスターエンドランが成功して、一気にノーアウト一、三塁。等々力高校のベンチとスタンドがこれ以上ないというくらいにわきかえる。

一方の俺ははっきり言ってビビっていた。バッターボックスへ向かう足が震えていた。

サインが出ないうちから、自分の役目は百パーセントわかりきっていた。

確実にスクイズだ。

同点に追いつかなければ、即試合終了という最終回。しかもバッターは非力な俺。もっとも確率の高い作戦はスクイズ以外なかった。そして、相手も当然それを察知している。

問題は何球目にやるかだ。もちろん、それは大佐古の判断次第だ。だけど、スクイズを読まれて投球をはずされれば、間違いなく三塁ランナーは死んでしまう。

スクイズのサインが出た以上、バッターがバントをする＋（プラス）三塁ランナーが投球と同時にスタートを切る——この二つは決定事項になる。

だからこそ、バッターはどれだけボールをはずされても、身を投げ出すようにしてバットにボールを当てていかなければならない。ファールになってでも当てなければ、三塁ランナーは捕球したキャッチャーにタッチされて万事休すである。

もうこうなれば読みあいと運だ。

運命の一球目。

〈待て〉のサイン。

俺は一芝居打つことにした。大佐古の〈待て〉のサインに、かなり思いつめた顔をして何度もうなずいた。ついでに、ごくりと唾を飲みこんだ。そして、もう一つついでに、三塁にいる大野に向けて意味ありげな視線を送った。それから雲一つない青空を見上げて、思いきり深呼吸をする。

キャッチャーは落ち着きのない俺の動作を後ろから見ているはずだった。キャッチャーの勝負は、どこでスクイズのサインを見破り、どこで球をはずすかにかかっているのだ。

一方の俺は、「この一球目でスクイズしちゃうぞ、早い者勝ちだぞ」という雰囲気をなるべく醸し出すようにした。サムライではなく、姑息なシノビの俺にできることといったら相手をだますくらいしかない。

キャッチャーのサインに、ピッチャーがうなずく。ピッチャーがセットポジションで三塁ランナーを見つめる。

一球目。

バッテリーは俺の演技にはまってくれた。キャッチャーが立ち上がり、ピッチャーは大きく球をはずしてきた。

俺たちは動かない。

野球通の観客たちから、ため息やうなり声が聞こえてくる。彼らはもちろん両チームの心理戦が痛いほどよくわかっているのだ。

ワンボール・ナッシング。

この一球目のやりとりで、バッテリーはそうそう球をはずすことができなくなった。何よりフォアボールを出してしまったら元も子もない。余計なランナーをためるより、まだ同点に追いつかれてもアウトカウントを稼いだほうが相手にとってはマシだとも言える。

そして、二球目のサイン。

〈スクイズ〉。

今度は何気ない振りをしてうなずく。大野のほうもちらりとも見ない。

そこからは自分自身、何がなんだかよくわからなかった。

ただただ、無心でバットをボールに当てただけだ。

バットを持った両手に軽い衝撃が残る。

とりあえず前に転がってくれたので走りだす。

ファーストを駆け抜けても、一向にボールは一塁手にやってこない。

ということは、送球はホームに送られたということだ。

アウトか、セーフか。

ファールゾーンまで駆け抜けると、そのまま後ろを振り返った。

またしてもヘッドスライディングでホームインしたらしい大野と、ネクストバッター のクリスが抱きあっている。ボールをつかんだキャッチャーがうなだれている。

その光景を見たときは、その場にへたりこみそうになった。

「同点！　同点だ！」等々力高校のベンチとスタンドがお祭り騒ぎになっていた。

安心して泣きそうになった。というか、少しだけ泣いていた。汗をぬぐう振りをして涙を拭こうかと思ったけれど、ヘルメットの下のメガネのせいでできなかった。

　そして、この日いちばんの歓声が鳴り響く。

「三番・ショート、須永君」

　依然ノーアウト・ランナー一、二塁。外野は極端な前進守備。外野正面のヒットでは、渡田先輩の足でも還るのが難しい状況だ。

　だけど、ここで決めないと勝てないと思った。仮に九回裏を耐えきったとしても、延長まで持ちこたえるチーム力は残されていない。俺たちはとうに力尽きている。

「かっ飛ばせ、クリス！」応援してくれる人たちもそれがわかっている。声をかぎりにクリスの名前を叫ぶ。

　初球。〈ダブルスチール〉のサインが出る。

　大佐古も思い切ったな、と一塁上で思った。バスターエンドラン、スクイズとつづいて、ぎりぎりの賭けには違いなかった。

　たしかに相手は意気消沈している。この回で試合を終わらせるもくろみがはずれて、最高にあたふたしている。そこを間髪を入れずに突かなければいつ突くんだ、という大佐古の英断だった。

　ピッチャーが左膝を上げる。それと同時に俺と渡田先輩は走りだす。

バッテリーはまったく盗塁を頭に入れていなかったらしい。「走った！」という声が内野から響いても、キャッチャーはサードに投げるそぶりを見せただけだった。ピッチャーががくりとうなだれる。

ノーアウト・ランナー二、三塁。

これでクリスにかかるプレッシャーもだいぶ軽くなっただろう。長打を狙わなくても、ワンヒットか犠牲フライで一点。勝ち越しだ。

スタジアムは、等々力高校押せ押せの雰囲気だった。その波に背中を押されたように、クリスはファーストストライクを振り抜いていく。強烈なゴロだった。

一瞬の視認で俺は走りだす。

打球の残像は、確実に前進守備の一、二塁間を抜ける当たりだった。

走る。

加速する。

三塁コーチャーが腕を回しているので、俺はいっさい減速せずに三塁ベースを蹴る。

一足先に渡田先輩がホームインするのが見えた。その渡田先輩がフィールドのほうに向きなおり、ライトからの返球を確認する。

渡田先輩は、ジェスチャーで右に回って滑りこむように指示を出してくる。

その指示通りに、俺は体をかわしていく。

考えてみれば、この滑りこみ方は六回の犠牲フライのときにやってしまっていた。

このときばかりはキャッチャーも冷静だった。センターからの送球を捕球すると、思いきりミットを伸ばして、大きく回りこむ俺にタッチを繰り出してきた。

一瞬の静けさが場内を支配した。

「アウト！」落球がないか確認してから、主審が冷静に右手を上げる。

三塁スタンドは、一瞬だけため息に支配された。しかし、その直後爆発的な大歓声が起こった。メガホンが打ち鳴らされる。

「逆転だ！」渡田先輩のホームインで、俺たちは虎の子の一点を手に入れたのだった。「勝てるぞ！」

俺とクリスは互いにガッツポーズを決めた。二人の打点で、同点、そして逆転。

高校野球は、攻守の交替がせわしない。宮増・岡崎先輩が倒れてアウトになると、逆転の余韻（よいん）にひたるひまさえなく、グローブと帽子を持って守りにつく。

「いいか、絶対勝てる！　死んでも守りきれよ！」背後に大佐古の力強い言葉を受けながら。

三つのヘッドスライディングで土まみれの大野がマウンドに上がる。

ほとんど満身創痍と言ってもよかった。もともと力を加減できるタイプではない。七回の途中から登板して、ほぼ全力で投げつづけてきた。それでも、勝ちがかかったこの九回の投球はいつにもまして力強かった。

フォアボールとヒットをおそれずに投げこんでいく。バックもそれにこたえて守りたてていく。

あれだけ意味のないかけ声はしないようにと、クリスが入部したとき決めたのに、いざ追いこまれてみると意味のない叫び声を上げることで自分たちをようやく保っているのが皮肉なことに感じられた。「来いやぁぁぁ!」「行こうぜぃ!」「せぃあぁぁぁ!」そうでもしないと背後から追いかけられるプレッシャーに押しつぶされそうだったのだ。

安打と四球がからみながらも、なんとかツーアウトまでこぎつける。ランナー一、二塁。

三塁側スタンドから「あと一人!」コールがわき起こる。メガホンが揺れる。

あと一人。なんだか実感にとぼしかった。あと一人アウトにすれば終わるということが理性ではわかっていても、この試合、このピンチが永遠につづいていくような気がしたのだ。

「内野は近いところでとるぞ！」岡崎先輩が指示を出す。ランナーが詰まっているので、一塁から三塁まで近いところでアウトをとれる。

ただ問題はバッターが四番の櫛本だということだ。

「櫛本！　たのむぞ！」という声が、一塁ベンチからいっせいにかかる。それを聞くと、相手にも相手の夏があって、必死になって戦っているのだということを思い知らされる。

大野はもはや気持ちだけで投げていた。本当にコントロールを保てているのかどうかわからない。ただ大まかにインコース、アウトコースの狙いだけで、あとは感覚で投げているようにすら見える。

櫛本が四球目を振りぬく。鈍い音が響いた。

打球がセカンドに転がってくる。

「よっしゃぁ！」大野が自分の横を通り過ぎるゴロを見送って吠えた。

俺は慎重にバウンドを合わせて前進する。クリスが二塁ベースに入る。そこに送ればアウト。試合終了だ。

無心だった。焦りも気負いも緊張もなかった。ただこちらに向かってくるボールを自然に迎え入れるだけだ。

しかし、体の予測よりも、打球は意外な伸びを見せて迫ってくる。

微妙にバウンドが合わなかった。それでも、しっかりと体やグラブで止めて、冷静に一塁へ送ればアウトをとれたはずだった。

ボールは、グラブからはじかれて、転々と転がっていく。

前にこぼした球をあわてて拾いにいく。その間にも、バッターランナーの櫛本は一塁に迫りくる。

まるでボールが意思を持って、俺の手から離れ、逃げていくようだった。転がっていくボールを追いかけて、ようやくこの手につかんだときには、どの塁を見渡してもランナーでうまっていた。

天を見上げた。

仲間の目をさけて、何もない空を見上げることしかできなかった。憎いくらいに晴れわたっていた。

場内は敵味方入り乱れた喚声に満たされていた。

「おい!」大野が振り返って呼びかける。「気にすんなって! まだ一点も入ってないんだから」

それはわかっているけれど、大野に視線を合わせられない。「気にするな」という声も、怒鳴っているぶん俺を叱責しているようにすら聞こえてくる。ベンチからタイムがかかった。これで一試合でかぎられている三回目のタイムを使いはたした。延長にならないかぎり、もう金輪際、俺たちは集まることができなくなってしまった。

伝令の悟が一礼してマウンドのほうに駆けてくる。それを見て内野陣も集まってくく。しかし、俺はどの面を下げて行けばいいのかまったくわからなかった。クリスが俺の背中を叩いて、集合をうながす。

「ありきたりの言葉だけどさ」と、岡崎先輩が俺に言った。「気にすんなって、瀬山。まだ点差あるし。切り替えていけば、あっちゅう間に試合終了だよ」

ほかの内野陣は、ピッチャーの大野でさえ、笑顔でうなずいている。俺は無言でうつむいた。言葉が枯れたように、一言も出なかった。

「監督から伝言が三つです」悟がごく淡白に言った。「まず一つめは最後まで楽しむこと。とくに瀬山は、逆にこんな追いこまれた状況のほうが楽しめるだろうと。二つめは、相手のほうがむしろ追いこまれているんだということを想起すること。満塁ですけど、こっちは近くのベースをどこでも踏めばアウトをとれるんだから。それと三つめは……」

悟が言いよどんだ。

「今日は、大佐古の彼女が観に来てるらしいっす。結婚を前提に付きあってるって。生徒たちと抱きあってよろこぶピュアな姿をぜひとも見せたいから、一つよろしく頼むぞって言ってます。以上」

内野陣が薄く笑う。悟は笑いもせずに、言うだけ言うとさっさとベンチに帰っていった。柄にもないことを悟に言わせてチームをなごませるという、大佐古の狙いもあったかもしれない。

「悟は自分が投げたいなって、もどかしく思ってるでしょうね」大野が岡崎先輩に言う。

「ああ、あいつはそういう熱いヤツだね。決して表には出さないけど」岡崎先輩もうなずく。「とにかくさ、大佐古の言うようにこのシチュエーションを楽しむのがいちばんだな。たぶん、ちょっと日にちがたてば、あんときヤバかったなってふつうに笑えてると思うぞ」

「それ、ありえるな。ってか、帰りの電車で、すでにそんな話題になってると思うぞ」宮増先輩も笑って同意する。「なんたって俺たちは勝つんだからな」

よっしゃ、最後まで気合い入れてくぞ！　というキャプテンの言葉で俺たちはそれぞれの持ち場に散っていった。

セカンドの守備位置に小走りで帰る途中、クリスが近寄って話しかけてきた。

「見られてるヨ、キョーイチ」クリスは小声でささやく。「小野寺サンに見られてるヨ。情けない、後ろ向きの姿は見せられないデショ」

それだけ言って、クリスは左にわかれ、ショートの定位置に戻っていく。

俺はそっと三塁側のスタンドを見やった。

「あと一人」コールを送ってくる等々力高校の応援席の中で、小野寺の姿はすぐ目についた。

祈っている。

両手を握りあわせて、肩に力が入った様子で、小野寺は必死に祈りをささげている。

小野寺も何かに祈ることがあるんだ——という単純な驚きがまずあった。小野寺が神様とか仏様とか、そんなものに頼ること自体が、今までの彼女からは想像できなかったのだ。

そして、いったい小野寺は何を祈っているんだろうと、ふと疑問に思った。

不思議なことに、俺たちの勝利を祈っているようには到底思えなかったのだ。そんな些細なことよりも、もっと巨大な何か——クリスの父親のこととか、世界のこととか、そういった俺たちの力ではどうにもならない遥かなものに対して請い願っているように感じられたのだ。

俺たちの勝利がどうでもいいことに思えるほど、それだけふだん祈りそうにもない人が真剣に祈っているというのは神秘的に見えるものだった。

かるく首をうなだれて、両手を組みあわせているその姿は、抜けるような明瞭さでグラウンドに立っている俺に突き刺さってくる。その姿を神聖なものとして特別視するのは、俺の勝手な思いこみもあるのかもしれない。でも、それでもよかった。スタンドの中で、その祈る姿だけは、俺の目にはっきりと白く浮かび上がって見えたのだ。

一瞬だけ、小学生のときに見た、母親だったかもしれない姿と重なりそうになった。

でも、違った。

あれはまぎれもなく小野寺だ。今までさんざんクリスのことで助けられ、救われてきた小野寺の祈る姿だ。記憶のかなたの残像をぬぐいさって、俺はフィールドのほうに向きなおる。

そのとき、はっきりとわかったような気がしたのだ。

俺たちは決定的に周りの人たちに守られた状況で戦っていることに。小野寺や親父、それからベンチで見守る大佐古——みんなから厚い庇護(ひご)を受けて、そのおかげで俺たちは好きな野球ができている。小野寺の祈る姿が脳裏にちらついて、俺はそんな奇妙なことを考えていた。

高校生の俺たちはまだ実戦のフィールドにすら出ていない状態なのだ。爆弾や銃弾が降りそそぐことのない、屋根のついたダグアウトの中で守られながら戦っている。

一陣の風が吹き渡って、俺を現実に引き戻す。「あと一人！」コールがその風に乗って聞こえてくる。

俺たちはこれから、いやでもその居心地が良いダグアウトから出て行かなければならないのだ。時間がくれば、たちまち外の世界に放り出されてしまうだろう。

それまでは、なんとしても踏ん張って、ここで戦っていかなければならない。勝てるところまで、どこまでも。

大野がセットポジションに入る。

左膝を上げて、投球モーションに入る。

俺は身を低く構えた。
バッターが鋭く振り切っていく。
ゴロがセカンドに迫ってくる。
俺は無心で白球へと向かっていった。

解説

吉田大助（書評家）

二〇一二年六月一八日、第七回小説現代長編新人賞の選考会において、ある作品が議論の的となった。選考委員は石田衣良、伊集院静、角田光代、杉本章子、花村萬月の五氏。最終候補作品四編のうち、『玉兎の望』（仁志耕一郎）が受賞作にふさわしいという方向で意見は一致した。残された課題は、『白球と爆弾』（朝倉宏景）をどうするか。

完成度で頭ひとつ抜きん出ていた受賞作に比べると、「（『白球と爆弾』も）じつは愉しく読みました。（中略）けれど、ちょっとだけ、ちょっとだけなにかが足りない」（花村萬月の選評より）。とはいえ、公募新人賞というシステムを、候補作に順位を付ける「ジャッジ」ではなく、小説界に新星を迎え入れる「スカウト」という観点から捉えるならば、当時二七歳（一九八四年生まれ）の若き才能を見逃すことはできない。議論の結果、奨励賞を授賞することが決まった。

「選考委員一致で奨励賞に選ばれたのは、若さと将来性を買われたからだ」（石田衣良の選評）。「朝倉宏景氏の『白球と爆弾』は選考会の最後まで残り、各委員にインパクトを与えていた。何よりストレートな物語の作りが好感を持てた」（伊集院静の選評）。「奨励賞ご受賞を機に、どしどしホームランをかっ飛ばしてくださいね」（杉本章子の選評）。

選評においてもっとも長い分量を割き、この作品の魅力を綴ったのは、角田光代だ。物語の中盤で浮き彫りになる「世のなかの理不尽と闘うことは、ちっぽけでくだらなく思えることに全力を尽くすことだというテーマ」に着目し、「作品を貫く強い芯」の存在を輪郭付けたうえで、「平凡な人生、私たちの生のちっぽけさ、というものにたいする、きれいごとではない本気の肯定が、この作品にはある」。

そんなふうに先輩作家たちから熱いエールを受け、ついでに「タイトルは再考したほうがいい」というアドバイスも受けて、単行本化にあたり改題し世に送り出されることとなったのが、このたび文庫化された『白球アフロ』だ。

東京都立等々力高校の弱小野球部に、アメリカからの転校生・クリスが入部したことから巻き起こる、青春群像劇だ。黒人の父と日本人の母を持つ彼は、一九〇センチ近い長身に褐色の肌、天然アフロヘアー。かの地でも野球をやっていたとの情報を仕入れたマネージャーは、「助っ人外国人だよ！」と歓喜の声をあげる。初めての練習試合では、メジャーリーグのホームランバッターばりのスイングで相手チームに脅威を与えるのだが……バットがボールに当たらないならば、恐るるに足らず。クリスは守備のセンスは抜群だったものの、打撃センスに問題があった。最大の難点は、送りバントのサインを無視すること。部の顧問で監督の大佐古が問いつめると、「ボクはbuntなんかするために日本に来たんじゃないヨ！」。

〈強打を期待され、まるでスカウトでもされたような口ぶりだったが、実際は家庭の事情でニュージャージーからやって来た、ただの一転校生である。〉

同じクラスという理由で教育係を任されることになった二年生の瀬山（「俺」）は、クリスの一挙一動に反応し心の中でツッコミ（実況解説）を入れる。その一言ひとことが、なんだか面白い。

〈「American Baseball は bunt なんて、そんなみみっちいことしなかったヨ！」発音の良い英語の合間に、意外な日本語のボキャブラリーが飛び出してくるが、それどころではない。〉

野球ファンの視点から少しだけ専門的な話をすると、メジャーリーグにおいて送りバントが好まれていない理由は、ピッチャー vs. バッターの真剣勝負主義……ではなく、二〇一一年公開のハリウッド映画『マネーボール』（と、その原作本）で一躍有名になった、セイバーメトリクス（野球統計学）に基づいている。要は、みすみすアウトをひとつ献上して走者を進塁させることは、統計学的にいうと、勝利確率を下げるよろしくない戦術なのだ。

そうしたリアリティを、著者もしっかり押さえている。そのうえで、統計学では測りきれない「心理」という要素の存在を、物語の中に持ち込んでいる。バントを嫌がるクリスを目の前にして、瀬山はこんなことを思う。

〈どうあがこうと、日本の高校野球で、とくにウチみたいな弱小校でバントをやらないという選択肢はありえないのだ。もちろんワンヒットで確実に一点というセオリーもある。でも、それ以上に高校野球的な理由もある。ランナーがスコアリングポジションに進めば、相手もそれだけ慎重になる。ピッチャーも抑えようと力む。野手にもどんなミスが出るかわからない。エラーもあるかもしれない。暴投やパスボールもあるかもしれない。〉

いくつもの修羅場をくぐってグラブを握るプロ選手ではなく、一〇代後半の高校生同士の戦いだからこそ、バントによって相手チームの心理に揺さぶりをかける戦術は有効なのだ。〈裏を返せば、情けないことだが、相手のミスを期待するほど、俺たちは打てていないということだ〉。この一連の描写があるからこそ、野球ファンも納得できる。信頼を寄せ、物語の推移に身を委ねることができる。

閑話休題。等々力高校野球部の練習風景に戻ろう。ことはバントに限らない。クリスの自己主張は練習中、ことあるごとに炸裂し部員たちをフリーズさせる。「ズボンのすそをまくり上げて、ソックスが見えるようにして」と服装を注意すると、「Why?」。プレー中はガムを食べてはいけないと言うと、またしても「Why?」。高校球児名物の意味不明なかけ声（「ウェエーイ!!」「セイ、セイ！」etc.）を耳にして、「なんで、みんなバカみたいに叫んでるの？」。次の意見は攻撃力が高い。「なんで、みんなボウズ？」。アメリカ出身のピン芸人・厚切りジェイソンの決め台詞「Why Japanese people!?（なぜなんだ日本人!?）」を思い出さずにいられない。クリスの真顔な言動は、日米の文化の違いをくすぐる〝ギャップ・ギャグ〟として、周囲の人々には恐慌を、読者には笑いを運んでくる。

正直に書こう。この初期設定と序盤の展開だけ取り出してみれば、他にも思いつく人がいたかもしれない。お笑い芸人やギャグマンガ家が「高校野球」でネタを作ろうと試みたなら、ここへ辿り着く可能性は決して少なくないのかもしれない。だが、本作の魅力は、直球ストレートと思わせておいて自在に変化する、物語の独特な軌道にある。序盤の印象からコメディ路線を突き進む……と思いきや、早々に変化が生じることになる。主人公の瀬山は自分のことを、気になる女子の前で「平和主義の面倒臭がり屋」と表現している。その肩書き通り、瀬山は面倒臭がりながらも、クリスと部員たちとを繋(つな)ぐ和平調停人として活動し始めるのだ。クールで知恵者の主人公が、陰の権力者として、学内コミュニティをプロデュースする――〝暗躍系〟青春小説のムードが高まっていく。

　争点はやはり、バントだ。片思いの相手がいると告白してきたクリスに対し、大和(やまと)撫子(なでしこ)はサムライが好きなのだと耳打ちする。そして、打者がアウトになるかわりに走者を進塁させる「犠牲バント」の意義を、サムライになぞらえて説明する。「とくに高校野球では、ホームランなんかぶちかますより、味方が勝つために進んで犠牲になれるサムライ魂をもった選手のほうがモテるんだよ」。裏に瀬山の策略があるとはつゆ知らず、女の子の連絡先もゲットして有頂天になった純情少年クリスは、バント戦術を積極的に受け入れるようになる。かくしてチームメイトはクリスを受け入れ、士気も高まり七月の甲子園予選に向けて手応(てごた)えを感じ始める。が……。

　実は、日本では「送りバント」という言葉のほうがなじみ深いが、野球の生まれた国アメリカでは「sacrifice bunt（犠牲バント）」が正式名称だ。瀬山がその

「sacrifice」の一語を強調し、間違っていると知りながら誤用したことが、波乱を招くきっかけとなった。九・一一同時多発テロからイラク戦争へと至るアメリカの軍事行動を徹底批判し続けた哲学者スーザン・ソンタグはかつて、メタファー（隠喩）の持つ暴力性を告発した（『隠喩としての病い』）。瀬山とクリスのシチュエーションに当てはめて言うならば——本当の「犠牲」を知る者の前で、たとえ話として「犠牲」の一語を使ったことは、相手の事情を知らなかったとはいえ不義ではなかったか？

そんなこと、超能力者でもない限り分かるわけないじゃないか。そもそも自分は、野球の話をしていたんだしさ。そうは思わないところが、瀬山という人の魅力なのだ。彼は、自分は間違ってしまったんだと心底後悔する。自分の軽々しさや愚かさを、本気で憤る。そして、クリスの気持ちをめいっぱい想像し、その心に届くような謝罪の言葉を探す。やるせなさともどかしさが詰め込まれたふたりの和解の場面は、読み終えた後も心に残る、名場面だ。ゲラゲラ笑いながら読み始めた時は、まさかこんなふうに、こんなにも感動させられるとは思いもよらなかった。……とはいえ、どんなに物語がシリアスに傾いていっても、いつでも笑いを放り込んでいける。いつでもコメディに揺り戻せる。この一点にも、朝倉宏景という書き手の個性が光る。

瀬山とクリスの和解をきっかけに、弱小野球部による本当のブレイクスルー・ストーリーが始まる。物語のうしろ三分の一は、ど直球の野球小説だ。東東京予選の一回戦のプレー風景がまるごと描写されていくのだが、野球はあまり詳しくないという人でも楽しく読みこなせるだろう。全九回の合計二七個×二チームぶんのアウトカウントそれぞれにドラマ性が宿っており、否応にも手に汗握るものだからだ。そして、この一戦に至る展開を読みこなしてきた人ならば絶対に、都立等々力高校野球部の面々を応援せずにいられなくなっているだろうから。

何よりこの小説が素晴らしいのは、二つの問いに真正面から向き合っていることだ。「なぜ他の競技ではなく、野球をするのか？」「プロは目指していないし、甲子園にもいけない。それなのに、なぜ野球をやるのか？」。ことは高校野球に限らない。優れたスポーツ小説には必ず書き込まれている「Why?（なぜ？）」が、思春期男子という感覚増幅器を使って、ぶ厚く熱く書き込まれているのだ。

この命題こそが、あらゆる読者の心を問答無用で高揚させる。なぜならそれは、恋愛にも、人生にも置き換えられる、「根源性」に関する問いかけだからだ。恋をする相手はなぜ、その人でなければいけないのか。なぜ私は、他でもないこの私の人生を生きているのか。そもそも……なぜ生きるのか？　実人生では解決不可能なそれら

「根源性」にまつわる問いかけを、スポーツ小説はかたちを変えて積極的に引き受け、競技者達の「回答」をドラマ化する。

そう。驚くべきことに本作は、上述した二つの問いに、答えを出している。その答えは、決して、誰もの実人生に適用できるものではない。でも、問いを前に沈黙もせずスルーせず、悩みに悩んだすえに自分なりの答えを見出した彼（ら）の葛藤を追体験する経験は、読者が胸に抱き続ける根源的な絶望を、たぶん、ちょっとだけ薄めてくれる。


デビュー作『白球アフロ』が読者からも支持され「重版出来！」の祝砲も浴びた朝倉宏景は、その後も（高校）野球を題材にした小説を発表している。第二作『野球部ひとり』は、悪名高きヤンキー校の野球部が、超名門進学校のたったひとりの野球部員とタッグを組んで甲子園出場を目指す物語。第三作『つよく結べ、ポニーテール』では、高校時代に大きな挫折を味わいながら、男子プロのマウンドに初めて立った女子投手の半生を描き切った。いずれもデビュー作とはまったくカラーが異なる、よりポップな作品に仕上がっているが、「なぜ？」の強度はまったく失われていない。

デビュー作には、その作家のすべてが詰まっている、という。すべてかどうかは、分からない。でも、一番大事な部分は間違いなく、ここに書き込まれている。ここから出発している。

人生は後戻りできないし、過去は変えることができない。でも、過去の印象を変えることはできる。そこから始まる、現在と未来の色合いを変えることも。「青春時代は、暗黒だった」と、人は言う。本当にそうか？「青春って、悪くなかったじゃん！」。あの頃の記憶がポジティブによみがえり、過去が鮮やかに塗り替えられていく。『白球アフロ』は本当に本当に、いい小説だ。

本書は二〇一三年三月、小社より単行本として刊行されました。

|著者|朝倉宏景　1984年東京都生まれ。東京学芸大学教育学部卒業。会社員となるがその後退職し、現在はアルバイトをしながら執筆生活を続けている。2012年に『白球アフロ』（本書）で第7回小説現代長編新人賞奨励賞を受賞。選考委員の伊集院静氏、角田光代氏から激賞された同作は'13年に刊行され話題を呼んだ。他の著作に『野球部ひとり』『つよく結べ、ポニーテール』（ともに講談社）がある。元高校球児でポジションはセカンド。

白球アフロ（はっきゅう）
朝倉宏景（あさくらひろかげ）

講談社文庫
定価はカバーに
表示してあります

2016年7月15日第1刷発行

発行者——鈴木　哲
発行所——株式会社　講談社
東京都文京区音羽2-12-21　〒112-8001
電話 出版（03）5395-3510
販売（03）5395-5817
業務（03）5395-3615
Printed in Japan

デザイン—菊地信義
本文データ制作—講談社デジタル製作
印刷———豊国印刷株式会社
製本———株式会社国宝社

ISBN978-4-06-293457-2

講談社文庫刊行の辞

二十一世紀の到来を目睫に望みながら、われわれはいま、人類史上かつて例を見ない巨大な転換期をむかえようとしている。

世界も、日本も、激動の予兆に対する期待とおののきを内に蔵して、未知の時代に歩み入ろうとしている。このときにあたり、創業の人野間清治の「ナショナル・エデュケイター」への志を現代に甦らせようと意図して、われわれはここに古今の文芸作品はいうまでもなく、ひろく人文・社会・自然の諸科学から東西の名著を網羅する、新しい綜合文庫の発刊を決意した。

激動の転換期はまた断絶の時代である。われわれは戦後二十五年間の出版文化のありかたへの深い反省をこめて、この断絶の時代にあえて人間的な持続を求めようとする。いたずらに浮薄な商業主義のあだ花を追い求めることなく、長期にわたって良書に生命をあたえようとつとめるところにしか、今後の出版文化の真の繁栄はあり得ないと信じるからである。

同時にわれわれはこの綜合文庫の刊行を通じて、人文・社会・自然の諸科学が、結局人間の学にほかならないことを立証しようと願っている。かつて知識とは、「汝自身を知る」ことにつきていた。現代社会の瑣末な情報の氾濫のなかから、力強い知識の源泉を掘り起し、技術文明のただなかに、生きた人間の姿を復活させること。それこそわれわれの切なる希求である。

われわれは権威に盲従せず、俗流に媚びることなく、渾然一体となって日本の「草の根」をかたちづくる若く新しい世代の人々に、心をこめてこの新しい綜合文庫をおくり届けたい。それは知識の泉であるとともに感受性のふるさとであり、もっとも有機的に組織され、社会に開かれた万人のための大学をめざしている。大方の支援と協力を衷心より切望してやまない。

一九七一年七月

野間省一

講談社文庫　目録

講談社文庫　目録

赤川次郎　三姉妹、呪いの道行〈三姉妹探偵団16〉
赤川次郎　三姉妹、初めてのおつかい〈三姉妹探偵団17〉
赤川次郎　恋の花咲く三姉妹〈三姉妹探偵団18〉
赤川次郎　月もおぼろに三姉妹〈三姉妹探偵団19〉
赤川次郎　三姉妹、ふしぎな旅日記〈三姉妹探偵団20〉
赤川次郎　三姉妹、清く貧しく美しく〈三姉妹探偵団21〉
赤川次郎　三姉妹と忘れじの面影〈三姉妹探偵団22〉
赤川次郎　沈める鐘の殺人
赤川次郎　静かな町の夕暮に
赤川次郎　ぼくが恋した吸血鬼
赤川次郎　秘書室に空席なし
赤川次郎　我が愛しのファウスト
赤川次郎　手首の問題
赤川次郎　おやすみ、夢なき子
赤川次郎　二重奏(デュオ)
赤川次郎　メリー・ウィドウ・ワルツ
赤川次郎ほか　二十四粒の宝石〈超短編小説傑作集〉
赤川次郎　横田順彌　二人だけの競奏曲
泡坂妻夫　奇術探偵曾我佳城全集（全二巻）

新井素子　グリーン・レクイエム
安土　敏　小説スーパーマーケット(上)(下)
安土　敏　償却済社員、頑張る
阿井景子　真田幸村の妻
浅野健一　新・犯罪報道の犯罪
安能務訳　封神演義　全三冊
安能　務　春秋戦国志　全三冊
安能　務　三国演義　全六冊
阿部牧郎　艶女犬草紙(あでおんないぬぞうし)
阿部牧郎　回春屋直右衛門　秘薬絶頂丸(ひやくぜつちょうがん)
安部譲二　絶滅危惧種の遺言
綾辻行人　緋色の囁き
綾辻行人　暗闇の囁き
綾辻行人　黄昏の囁き
綾辻行人　どんどん橋、落ちた
綾辻行人　殺人方程式〈切断された死体の問題〉
綾辻行人　鳴風荘事件　殺人方程式II
綾辻行人　暗黒館の殺人　全四冊
綾辻行人　十角館の殺人〈新装改訂版〉

綾辻行人　水車館の殺人〈新装改訂版〉
綾辻行人　迷路館の殺人〈新装改訂版〉
綾辻行人　人形館の殺人〈新装改訂版〉
綾辻行人　時計館の殺人〈新装改訂版〉(上)(下)
綾辻行人　黒猫館の殺人〈新装改訂版〉
綾辻行人　びっくり館の殺人
綾辻行人　奇面館の殺人(上)(下)
阿井渉介　荒南風(あらはえ)
阿井渉介　うなぎ丸の航海
阿井渉介　生首岬の殺人〈警視庁捜査一課事件簿〉
阿井渉介　阿部牧郎他　息づかい〈好色時代小説集〉
阿井渉介　阿部牧郎他　薄灯かり〈官能時代小説アンソロジー〉
阿井文瓶　伏龍〈海底の少年特攻兵〉
我孫子武丸　0の殺人
我孫子武丸　人形はこたつで推理する
我孫子武丸　人形は遠足で推理する
我孫子武丸　殺戮にいたる病
我孫子武丸　人形はライブハウスで推理する
我孫子武丸　新装版　8の殺人

我孫子武丸 眠り姫とバンパイア
我孫子武丸 狼と兎のゲーム
有栖川有栖 ロシア紅茶の謎
有栖川有栖 スウェーデン館の謎
有栖川有栖 ブラジル蝶の謎
有栖川有栖 英国庭園の謎
有栖川有栖 ペルシャ猫の謎
有栖川有栖 幻想運河
有栖川有栖 幽霊刑事
有栖川有栖 マレー鉄道の謎
有栖川有栖 スイス時計の謎
有栖川有栖 モロッコ水晶の謎
有栖川有栖 新装版 マジックミラー
有栖川有栖 新装版 46番目の密室
有栖川有栖 虹果て村の秘密
有栖川有栖 闇の喇叭
有栖川有栖 真夜中の探偵
有栖川有栖 論理爆弾
有栖川有栖/篠田真由美/二階堂黎人/法月綸太郎 「Y」の悲劇
有栖川有栖/恩田陸/加納朋子/貫井徳郎/法月綸太郎 「ABC」殺人事件
明石散人/佐々木幹雄 東洲斎写楽はもういない
明石散人 二人の天魔王〈信長〉の真実
明石散人 龍安寺石庭の謎〈スペース・ガーデン〉
明石散人 ジェームス・ディーンの向こうに日本が視える
明石散人 謎ジパング〈誰も知らない日本史〉
明石散人 アカシックファイル〈日本の「謎」を解く!〉
明石散人 真説 謎解き日本史
明石散人 視えずの魚
明石散人 鳥玄坊〈根源の謎〉
明石散人 鳥玄坊〈時間の裏側〉
明石散人 鳥玄坊〈ゼロから零へ〉
明石散人 大老猫の外交術〈鄧小平秘録〉
明石散人 日本国大崩壊〈アカシックファイル〉
明石散人 七つの金印〈日本史アンダーワールド〉
明石散人 日本語千里眼
姉小路祐 刑事長
姉小路祐 刑事長四の告発
姉小路祐 刑事長越権捜査
姉小路祐 刑事長殉職
姉小路祐 東京地検特捜部
姉小路祐 仮面官僚〈東京地検特捜部〉
姉小路祐 汚職捜査〈警視庁サンズイ別動班〉
姉小路祐 合併裏頭取〈警視庁サンズイ別動班〉
姉小路祐 首相官邸占拠399分
姉小路祐 化野学園の犯罪〈教育実習生 西郷大介の事件日誌〉
姉小路祐 法廷戦術
姉小路祐 司法改革
姉小路祐 「本能寺」の真相
姉小路祐 京都七不思議の真実
姉小路祐 密命副検事
姉小路祐 署長刑事〈大阪中央署人情捜査録〉
姉小路祐 署長刑事 時効廃止
姉小路祐 署長刑事 指名手配
姉小路祐 署長刑事 徹底抗戦
姉小路祐 監察特任刑事
秋元康 伝染歌
浅田次郎 日輪の遺産

講談社文庫　目録

浅田次郎　勇気凜凜ルリの色
浅田次郎　勇気凜凜ルリの色　四十肩と恋愛
浅田次郎　地下鉄（メトロ）に乗って
浅田次郎　霞町物語
浅田次郎　勇気凜凜ルリの色　福音について
浅田次郎　勇気凜凜ルリの色　満天の星
浅田次郎　ひとは情熱がなければ生きていけない〈勇気凜凜ルリの色〉
浅田次郎　シェエラザード（上）（下）
浅田次郎　歩兵の本領
浅田次郎　蒼穹の昴　全4巻
浅田次郎　珍妃の井戸
浅田次郎　中原の虹（一）（二）
浅田次郎　中原の虹（三）（四）
浅田次郎　マンチュリアン・リポート
浅田次郎　天国までの百マイル
浅田次郎 原作／ながやす巧 漫画　鉄道員（ぽっぽや）／ラブ・レター
青木　玉　小石川の家
青木　玉　帰りたかった家
青木　玉　上り坂下り坂

青木　玉　底のない袋
青木　玉　記憶の中の幸田一族〈青木玉対談集〉
芦辺　拓　時の誘拐
芦辺　拓　怪人対名探偵
芦辺　拓　時の密室
芦辺　拓　探偵宣言〈森江春策の事件簿〉
浅川博忠　小説角栄学校
浅川博忠　小説池田学校
浅川博忠　「新党」盛衰記〈新自由クラブから国民新党まで〉
浅川博忠　自民党幹事長〈二百億のカネ、八百のポストを握る男〉
浅川博忠　小泉純一郎とは何者だったのか
浅川博忠　政権交代狂騒曲
荒　和雄　預金封鎖
阿部和重　アメリカの夜
阿部和重　グランド・フィナーレ
阿部和重　A　B　C〈阿部和重初期作品集〉
阿部和重　ミステリアスセッティング
阿部和重　IP／NN 阿部和重傑作集
阿部和重　シンセミア（上）（下）

阿部和重　ピストルズ（上）（下）
阿部和重　クエーサーと13番目の柱
阿川佐和子　あんな作家こんな作家どんな作家
阿川佐和子　恋する音楽小説
阿川佐和子　いい歳旅立ち
阿川佐和子　屋上のあるアパート
阿川佐和子　マチルデの肖像〈恋する音楽小説2〉
麻生　幾　加筆完全版 宣戦布告（上）（下）
麻生　幾　奪還
青木奈緒　うさぎの聞き耳
青木奈緒　動くとき、動くもの
赤坂真理　ヴァイブレータ　新装版
赤尾邦和　イラク高校生からのメッセージ
浅暮三文　ダブ（エ）ストン街道
安野モヨコ　美人画報
安野モヨコ　美人画報ハイパー
安野モヨコ　美人画報ワンダー
梓澤　要　遊部（上）（下）
雨宮処凛　暴力恋愛